HF304351

Der Schriftsteller **Stefan S. Kassner** hängte im Oktober 2022 seinen Arztkittel an den Nagel und lebt seitdem als hauptberuflicher Autor mit seinem Hund Goliath auf der Sonneninsel Mallorca. Im Oktober 2020 wurde er in die Agentur Ashera aufgenommen und veröffentlich seit 2021 Romane, Novellen und Kurzgeschichten in unterschiedlichen Genres, unter anderem Thriller, Krimi, Cosy Crime, Familiengeheimnis, Familiensaga, (Gay-) Romance, (düstere) Phantastik, Horror, Steampunk und Humor. Dies prägte auch den Slogan des Schriftstellers: „Vielseitigkeit hat einen Namen – Stefan S. Kassner".

Ein Inselhotel zum Verlieben

STEFAN S. KASSNER

Erstausgabe Mai 2024

Copyright © 2024 dp Verlag, ein Imprint der
dp DIGITAL PUBLISHERS GmbH
Made in Stuttgart with ♥
Alle Rechte vorbehalten

Ein Inselhotel zum Verlieben

ISBN 978-3-98998-072-3
E-Book-ISBN 978-3-98998-020-4

Covergestaltung: Buchgewand
Umschlaggestaltung: Thorsten Sohrmann
Unter Verwendung von Abbildungen von
stock.adobe.com: © neirfy, © vulcanus
shutterstock.com: © kavram, © Pixel-Shot, © jular seesulai, © Yuriy
Kulik, © Margo Harrison

Lektorat: Daniela Guse
Satz: dp DIGITAL PUBLISHERS GmbH
Druck und Bindung: Books on Demand GmbH, Norderstedt

Für Mallorca

Jahrelang suchte ich ein Zuhause, dann empfing mich diese Insel mit offenen Armen.

*Willst du recht zu Hause sein,
kehre in dich selber ein.*

**Karl Gottfried von Leitner (1800 – 1890),
österreichischer Schriftsteller**

1

Er ist verschwunden! Hatte sie einfach im Stich gelassen. Was für eine surreale Situation. So etwas passierte doch nicht wirklich. Und falls doch, dann einer Bekannten der Bekannten. Hatte er das von langer Hand geplant, oder war es eine Kurzschlussreaktion? Konnte man noch von Kurzschlussreaktion sprechen, wenn jemand von einem Tag auf den anderen seinen Koffer packte und aus dem Leben floh, das man sich mit der Partnerin zusammen aufgebaut hatte? Wobei – zusammen aufgebaut? Caro schnaubte verächtlich. Zusammen hatten sie das hier nicht wirklich aufgebaut, und ob sie überhaupt von ,aufgebaut' sprechen konnte?

Sie sah sich um, machte ein paar Schritte vor, dann wieder zurück. Hoffte, sich vorstellen zu können, wie das hier einmal aussehen würde. Sich zu sagen, dass dieser Tag käme. Dass auch Daniels Verschwinden daran nichts ändern würde.

Aber ihre Gedanken fielen auf ausgedörrten Boden. Zu lange nichts als Hiobsbotschaften. Der Umbau, im Grunde eine Kernsanierung, der sich immer weiter verzögerte, neue Schäden und Probleme zutage förderte, die zudem die Kosten steigen ließen. Und das, obwohl ihr Budget bereits ausgereizt war. Wie viele schlaflose Nächte noch, bis es endlich Formen annimmt, fragte sie sich.

Sie drehte sich um und betrachtete den Bereich, wo die Rezeption entstehen sollte. Bis auf Kabel, die aus der Decke hingen und aus dem Boden ragten, war davon nicht viel zu erkennen. Und dennoch, Caro spürte das Kribbeln in der Magengrube. Das Gefühl, das sie diese Entscheidung hatte treffen lassen. Eine große Entscheidung. Ihren Traum zu leben.

War dieser Traum zu groß für sie? Hatte sie sich verkalkuliert? War alles zum Scheitern verurteilt?

Die Tränen brannten in ihren Augen, und dennoch war sie froh, sie endlich zu spüren. Hoffte, sie brächten ein wenig Erleichterung. Nähmen ihr zumindest wenige Gramm der tonnenschweren Last, die auf ihren Schultern lastete. Aber die Tränen spülten die Trauer, die Erschöpfung und besonders die Verzweiflung nicht fort, sie brannte in ihrer Brust, kleidete ihre Kehle aus und ließ sie schluchzend zusammenfahren. Nein, es wurde nicht besser, es wurde schlimmer. Zwar war sie von Anfang an diejenige gewesen, die alles organisiert hatte, auf deren Namen der Kredit lief, die die Verträge unterschrieben hatte, aber mit Daniel an ihrer Seite war es dennoch leichter gewesen. Hatte sie jeden Rückschlag besser verkraftet. Seine unbekümmerte Art. Sein scheinbar unerschütterlicher Glaube in sie und ihre Vision hatten sie stets neue Kraft schöpfen lassen. Hatte er ihr nur etwas vorgemacht? Nicht nur in dem Punkt, dass er sie geliebt hatte, sondern auch darin, an sie und ihren Traum zu glauben? Das war mehr, als

Caro ertragen konnte. Sie ging in die Knie. Plötzlich schienen ihre Beine die Kraft verloren zu haben. Sie barg das Gesicht in den Unterarmen und weinte.

Irgendwann konnte sie aufstehen. Taumelte den Flur entlang, der in den Teil des Gebäudes mit den Gästezimmern führte. Auch dieser Bereich war kaum mehr als ein Rohbau. Sie hatten sich dort ein Zimmer notdürftig herrichten lassen, inklusive Bad, um keine weiteren Kosten für ein angemietetes Zimmer zu haben. Aber eine Unterkunft auf einer Baustelle ließ einen nicht zur Ruhe kommen. Alles war provisorisch, überall lag Staub. Lärm malträtierte die Ohren, weil die Arbeiten meistens bis spät in die Nacht andauerten.

Oder vielmehr, angedauert hatten. Als Caro noch die Illusion hatte, zum Stichtag fertig zu werden. Der wäre in zwei Wochen.

Sie ließ sich auf das Luftbett fallen und den Blick durch den Raum schweifen. Dass sie überhaupt bemerkt hatte, dass Daniel weg war, erschien bemerkenswert, zeigte jedoch, dass sie mit nur wenig Hab und Gut her gekommen waren. Es war seine Winterjacke gewesen, deren Fehlen sie hatte stutzen lassen. Natürlich wurde es in den Wintermonaten auch auf Mallorca kühler, aber einen dicken Wintermantel, wie Daniel ihn mitgebracht hatte, benötigte man selten. Sie hatte ihn deshalb aufgezogen, und der Mantel hing wochenlang ungenutzt im Schrank. Bis heute Abend, als sie zurückgekehrt war von einem langen Gespräch mit der Bank, von der sie den Kredit erhalten hatte und die sie gebeten hatte, diesen aufzustocken. Ohne Erfolg.

Sie kehrte heim, und Daniel war nicht da. Soweit nichts Ungewöhnliches, sie mutmaßte, dass er joggen gegangen war. Als sie aber gesehen hatte, dass seine Winterjacke fehlte, begann sie die Spurensuche, hatte den fehlenden Koffer bemerkt und weitere fehlende Kleidungsstücke. Er ging nicht ans Handy. Sie hatte es unzählige Male versucht. Ihm einige Nachrichten auf der Mailbox hinterlassen, erst besorgt, dann zornig, dann traurig, zuletzt ein paar, auf denen sie nur geheult und gestammelt hatte. Sie hätte zum Flughafen fahren können. Aber was hätte das gebracht? Sie war den halben Tag fort gewesen. Gut möglich, dass er schon längst wieder auf deutschem Boden wandelte. Wer jedoch sagte ihr, dass er nach Deutschland gereist war? Womöglich hatte er sich irgendwo anders hin abgesetzt.

Es spielte keine Rolle, wohin, Caro hoffte, dass es ein furchtbarer Ort war und es Daniel beschissen ging. Doch im gleichen Augenblick schämte sie sich ihrer Gedanken. Und wenn ihm etwas zugestoßen war? Aber was konnte ihm zugestoßen sein, das ausreichend Zeit ließ, um den Koffer mit den wichtigsten Sachen zu packen? Und warum hatte er ihr keine Nachricht hinterlassen, sie angerufen oder nahm zumindest ihre Anrufe entgegen?

Nein, es war bitter und eine dieser Geschichten, in der der Mann Zigaretten holen ging und nicht mehr zurückkehrte. Caro befürchtete, dass dieser Gedanke zu neuen Tränen führen würde, aber die Trauer blieb dumpf. Sie ließ den Oberkörper nach hinten kippen und schloss die Augen. Sie hoffte, sie würde in den Schlaf finden. Den benötigte sie dringend. Und dann musste sie unbedingt schauen, dass die Baustelle weiter vorankam. Caro wusste, dass sie eine Kämpferin war, und sie würde um ihren Traum kämpfen.

2

Dass ihr erster Blick am Morgen dem Handydisplay galt, ärgerte Caro. Gerne hätte sie sich damit herausgeredet, dass das ihre Morgenroutine war, aber natürlich stimmte das nicht. Sie hatte auf eine Nachricht von Daniel gehofft, so wie die ganze Nacht, die sie eher dämmernd als schlafend verbracht und auf seinen Anruf gewartet hatte. Wie würde sie reagieren, wenn er sich meldete, ihr eine Begründung nannte, die sein Handeln plausibel erklärte? Würde sie ihn mit offenen Armen empfangen?

Sie wusste, dass Daniel etwas in ihr triggerte, das sie nachgeben ließ, aber nicht verzeihen. Dass sie der leidende Blick aus seinen braunen Augen stets dazu brachte, anders zu handeln, Dinge hinzunehmen, die sie normalerweise nicht tolerierte. Weil sie ihn halten wollte, war sie bereit, bei sich selbst zurückzustecken, nur nicht bei ihrem Traum.

Das hatte Daniel gewusst und war zudem kein Risiko eingegangen, als er einwilligte, mit auszuwandern. Mit seinem Betrieb war er pleite gegangen, hatte immer noch Schulden und war daher nicht kreditwürdig. Caro hatte das Projekt alleine stemmen müssen. Fand eine spanische Bank, die an sie und ihre Vision glaubte, denn wenn Caro für etwas brannte, konnte sie dieses Feuer in anderen Menschen entfachen. Deshalb war es ihr nie schwergefallen, Leute von sich und ihren Ideen zu überzeugen. Dass ihr das auch bei der Bank in einem anderen Land gelungen war, erfüllte sie mit Stolz.

Caro streckte sich, hüpfte ein paar Mal auf der Stelle, wie sie es häufig morgens tat, um in Gang zu kommen. Insbesondere dann, wenn sie am Morgen trübe Gedanken niederdrückten. So schwer es ihr fiel, sie musste Daniel aus ihrem Kopf verdrängen, sich intensiv auf die Arbeit konzentrieren und Juan, ihren Bauleiter, anrufen.

Sie wusste, dass er alles tat, um die Baustelle am Laufen zu halten, aber viele der Firmen konnten sich vor Aufträgen nicht retten und ließen die unlukrativeren Projekte gerne zu Gunsten der monetär interessanteren schleifen.

Am meisten graute ihr davor, den Reiseveranstalter zu kontaktieren, der in zwei Wochen einen funktionierenden Hotelbetrieb erwartete und schon Buchungen angenommen hatte. Dass sie dieses Gespräch so lange herausgeschoben hatte, sah ihr gar nicht ähnlich, aber sie hatte nicht nur den Konflikt gescheut, sondern die ganze Zeit auf ein kleines Wunder gewartet. Sie hoffte inständig, dass sie Herrn Mars vom Reiseveranstalter Nockemann würde besänftigen können. Schließlich war es nicht nur eine riesige Chance, sondern unverzichtbar, wenn sie direkt mit einem vollausgebuchten Hotel würde starten können.

Sie entschied, schon vor der Dusche zu beginnen und wählte Juans Kontakt.

Es klingelte nur einmal, dann hörte sie seine raue Stimme: *„Hola.* Caro?“

Caro gefiel der Klang wie Juan insgesamt. Ein Mann, der mit beiden Beinen im Leben stand, der wusste, was er wollte und dafür einstand. So hatte sie ihn erlebt. Anders als Daniel, der immer den einfachsten Weg suchte und die Angelegenheiten zu seinem Vorteil bog.

Caro schüttelte den Kopf, als würde dadurch der Gedanke an Daniel hinausfallen. „Ja, ich bin's, Juan. Guten Morgen."

„Du willst sicherlich wissen, wie es weitergeht?" Juan war in Deutschland geboren und aufgewachsen, dann aber vor zwanzig Jahren mit seinen Eltern in deren sonnige Heimat zurückgekehrt. Ob mit Familie oder nicht, war Caro nicht bekannt.

„Unbedingt. Wie du weißt, rennt mir die Zeit davon."

„Das weiß ich, Caro. Und du weißt, dass ich alles versuche, um die Deadline einzuhalten."

„Hältst du das noch für realistisch?"

„Es ist ein straffer Zeitplan, aber ich lasse dich nicht hängen. Wir werden das schon schaffen. Ich bin noch mal meine Kontakte durchgegangen und habe die ein oder andere Alternative."

„Das hört sich zwar gut an", begann Caro und schloss die Augen. Sie wusste nicht, wie sie fortfahren sollte. Sie hatte Juan gegenüber zwar durchblicken lassen, dass sie wenig finanziellen Spielraum hatte, aber das Thema war bislang nicht offen angesprochen worden. Wenn jedoch neue Firmen ins Spiel kamen, konnte das womöglich steigende Kosten bedeuten.

„Mach dir keine Sorgen wegen des Geldes", sagte Juan, als habe er ihre Gedanken gelesen.

„Das würde ich gerne." Caro kaute auf ihrer Unterlippe, entschied sich dann, ehrlich zu sein. „Juan, meine

Situation ist sehr angespannt. Ich habe dir den weitaus größten Teil meines Budgets bereits als Vorschuss bezahlt, für Arbeiten, die noch nicht erledigt sind. Die Bank wird meinen Kreditrahmen nicht erhöhen. Ich …" Sie rieb sich die Augen. Neue Tränen kündigten sich an.

„Caro. Das weiß ich, oder vielmehr habe ich das schon geahnt. Ich habe dir zugesagt, dass die Arbeiten im zeitlichen Rahmen erledigt und gut ausgeführt werden. Und ich habe auch die Kosten im Blick."

„Aber wenn jetzt andere Firmen als die, die die Vorschüsse erhalten haben …" Wieder musste sie abbrechen, schlucken.

„Ich habe keine der Firmen im Voraus bezahlt. Ich verwalte nur gerne die Gelder, um flexibel zu sein. Die Firmen, die rausfliegen, haben nur das Geld für die erledigten Arbeiten bekommen. Von deinen Vorschüssen ist noch ausreichend da, um andere Firmen zu bezahlen."

Jetzt liefen Tränen Caros Wangen herunter. Nicht der Trauer oder Verzweiflung, sondern der Erleichterung. Irgendwie hatte sie das geahnt, gewusst, dass Juan, bei dem sie von Anfang an ein so gutes Gefühl gehabt hatte, die Sache im Blick hatte. Aber als die Baustelle ins Stocken geriet, waren ihr Zweifel gekommen. Dennoch hatte sie das Thema Juan gegenüber nicht angesprochen, da sie zu feige gewesen war. Sie nahm sich vor, das zu ändern. Besonders Juan gegenüber mit offenen Karten zu spielen und klare Ansagen zu machen. Er hatte sie stets darum gebeten.

„Caro? Weinst du?"

Die ehrliche Betroffenheit in Juans Stimme schmeichelte ihr. „Es ist nur – ich bin einfach erleichtert."

„Ich habe dir gesagt, dass du dich auf mich verlassen kannst. Ich wollte ohnehin heute zu dir auf die Baustelle kommen und könnte auch gleich ein paar Termine mit Firmen vereinbaren. Was hältst du davon?"
„Hört sich super an!"

Ich habe dir gesagt, dass du dich auf mich verlassen kannst. Ich wollte ohnehin heute zu dir auf die Baustelle kommen und könnte auch gleich ein paar Termine mit Firmen vereinbaren. Was hältst du davon?"

Hört sich super…

3

Sie liebte diesen Blick! Der Strand, der sich mit leichtem Schwung in die Bucht schmiegte, und rechts von der Felsenküste, links vom kleinen Hafen eingefasst wurde. Wenn sich die Sonne wie jetzt langsam über die weiche Kante, die das Meer am Horizont bildete, erhob und die Bucht in ein goldenes Licht tauchte, waren dies die Momente, da ihr Herz übersprudelte vor Glück. In denen ihr bewusst wurde, dass sie die richtige Entscheidung getroffen hatte, dass dies der Ort war, an dem sie ihr Leben verbringen wollte und dieser Traum wert war, dafür zu kämpfen.

Juan hatte sie mit seiner Zuversicht angesteckt. Sie vertraute dem attraktiven Bauleiter mit dem grau melierten Haar, Dreitagebart und der sportlich muskulösen Figur. Mehr als einmal hatte sie ihn fragen wollen, ob er verheiratet war oder eine Freundin hatte, sich aber nicht getraut. Wohl, da sie insgeheim befürchtete, dass ein ‚Nein' auf diese Fragen eine Begierde in ihr nährte, die bereits erwachte.

‚Reiß dich zusammen!', herrschte sie sich selbst an. Nach dem, was sie gerade erlebt hatte, war nicht die Zeit, an neue Liebschaften zu denken. Obwohl die Vorstellung, einen Partner wie Juan zu haben, der verlässlich war und sich einsetzte, durchaus verlockend erschien.

Der silberne Toyota Prius fuhr vor und entließ Juan, der mit einem strahlenden Lächeln auf sie zukam. Caro konnte nicht anders, als zurückzulächeln. Während andere Kerle in der Baubranche meistens auf Statussymbole setzten, dicke Autos bevorzugten, fuhr Juan einen Hybrid. Ein Mann mit einem Bewusstsein für die Umwelt. Ein weiterer Pluspunkt, den Caro für ihn verbuchte.

„Schön, dass du da bist", sagte sie und war von sich selbst überrascht, dass sie Juan umarmte.

Der erwiderte ihre ungewohnt herzliche Willkommensgeste mit einem Lächeln, das Caros Meinung nach Gefallen ausdrückte und dazu führte, dass sie sich nicht schämte, sondern sogar freute, sich ihrem ehrlichen Gefühl hingegeben zu haben.

„Und ich bringe sehr gute Nachrichten mit." Er hörte nicht auf zu grinsen, und Caro spürte ein Ziehen im Bauch. Schon lag ihr wieder die Frage nach Juans Beziehungsstatus auf der Zunge, die sie aber schnell herunterschluckte. „Ich habe Diego, einen Freund und Kollegen, erreicht, und rate mal, welche Baustelle er ab morgen mit seinen Leuten richtig auf Vordermann bringen wird?"

Juans Lächeln war ansteckend, und eh Caro sich versah, fiel sie ihm ein weiteres Mal um den Hals. „Und du meinst, Diego und seine Leute werden fertig bis zur Eröffnung in zwei Wochen?"

„Diego hat ein tolles Team und mir schon einige Male bei schwierigen Fällen aus der Patsche geholfen. Ich hätte ihn schon früher verpflichtet, aber er war total ausgebucht. Jemand da oben scheint dich zu mögen." Er zwinkerte Caro zu, was ihr eine warme Woge durch die

Brust spülte. „Denn sein letzter Auftraggeber ist plötzlich pleitegegangen, und Diego ist mehr als dankbar, so kurzfristig einen Auftrag zu bekommen, der ihn auch finanziell auffängt."

„Ich weiß gar nicht, wie ich dir danken soll!"

Juan winkte ab. „Ich mag dich Caro, wirklich, und außerdem habe ich gewisse geschäftliche Grundsätze. Einer der obersten ist, dass ich meine Kunden nicht hängen lasse, auch wenn es schwierig wird."

Caro nickte dankbar. Musste sie schon wieder heulen? Sie blinzelte bereits dagegen an und hoffte, die Tränen zurückhalten zu können. Es reichte, dass sie am Telefon geweint und ihn zweimal umarmt hatte. Was sollte er nur von ihr denken? Sie ertappte sich dabei, dass es ihr wichtig war, was Juan von ihr hielt.

„Was ist los mit dir?"

Juans Frage kam unvermittelt, und Caro haderte einen Augenblick mit sich selbst, ob sie ihm davon erzählen sollte. Aber einerseits hatte sie auf der Insel bisher kaum Bekanntschaften gemacht, und andererseits, was konnte schlimmstenfalls passieren. Irgendwann würde die Frage, wo Daniel war, ohnehin auftauchen. Auch wenn Juan und er von Anfang an ein schwieriges Verhältnis miteinander gehabt hatten.

Und so erzählte Caro von Daniels unvermitteltem Verschwinden und schämte sich nicht, als sie wieder die Tränen übermannten. Juan hörte zu, nickte nur verständnisvoll. „Soll ich ehrlich sein?", fragte er, als sie mit ihrem Bericht durch war.

„Gerne."

„Ich hatte von Anfang an ein komisches Gefühl bei dem Typen. Habe mich gefragt: Was will so eine Frau mit einem Windei wie dem?"

„So eine Frau?"

„Caro, das ist dir wahrscheinlich gar nicht bewusst, aber ich bewundere deinen Mut und nicht nur ich. Viele der Arbeiter, mit denen ich gesprochen habe, haben großen Respekt vor dir. Deiner Vision. Dem, was du aus diesem Ort machen möchtest und den Risiken, die du auf dich nimmst."

Caro spürte Wärme in ihren Wangen und schlug den Blick nieder. „Das denkst du von mir?"

„Natürlich. Weißt du, ich nehme nicht jeden Auftrag an. Ich kann es mir durchaus leisten, wählerisch zu sein. Aber bei dir", er sah ihr tief in die Augen, „habe ich sofort gespürt, dass du brennst für deine Idee, deinen Traum. Das hat mir imponiert, mich angesteckt und für dich eingenommen."

Caro sah in Juans braune Augen und hatte das Gefühl, dass hinter der Bewunderung, die sie ausdrückten, noch mehr lag. Sie beugte sich leicht vor, ließ sich ein weiteres Mal von ihrem Gefühl leiten, als plötzlich Juans Handy klingelte.

„Entschuldigung", murmelte er, zog das Handy aus der Gesäßtasche und sah auf das Display. „Wenn man vom Teufel spricht." Er nahm den Anruf entgegen und sagte: „Diego, mein Lieber. Gerade haben wir von dir gesprochen."

Caro betrachtete Juan. Tiefes Bedauern ergriff sie, dass dieser Moment gestört wurde. Würde es wieder so einen Augenblick geben? Sie rieb sich die Augen, als ihr bewusst wurde, dass sie dankbar für die Unterbrechung sein konnte. Juan war ihr einziger Strohhalm, die Brücke in die Zukunft, die sie aufbaute. Nicht auszudenken, diese wertvolle Verbindung durch ein Tête-à-Tête zu gefährden.

„Diego ist in einer halben Stunde da, um sich ein Bild zu machen. Das passt dir doch?"

„Natürlich."

4

Verrückt, dass unangenehme Geräusche unter gewissen Umständen wie Musik klingen, dachte Caro und musste grinsen, als sie am nächsten Morgen durch die Räume ging, die von arbeitenden Männern bevölkert wurden. Juan, Diego und sie hatten vereinbart, dass zunächst die Gästezimmer fertiggestellt wurden und der Eingangsbereich zuletzt, damit dieser als Transitbereich nicht in Gefahr geriet, schon vor Eröffnung verschandelt zu werden. Weder Diego noch Juan oder sie konnten ihre Augen überall haben, und selbst bei sorgfältiger Arbeitsweise ließen sich Kollateralschäden auf einer großen Baustelle nicht immer vermeiden.

Sie genoss das geschäftige Treiben und die positive Stimmung, die vorherrschte. Sie schätzte die Mallorquiner dafür, dass man diese selten schlecht gelaunt antraf. Selbst in Berufen, die in Deutschland als unangenehm galten, wie Müllabfuhr oder Reinigungskräfte, wirkten die darin Tätigen meist bestens gelaunt und mit sich und der Welt im Einklang.

„Dich habe ich gesucht." Juan kam lächelnd auf Caro zu.

„Mich?", fragte sie betont entgeistert.

Juan lachte. „Allerdings. Ich denke, wir haben etwas entdeckt, das dir gefallen wird." Er bedeutete ihr, ihm zu folgen, und ging den Flur in Richtung der Gästezimmer entlang.

Im hintersten Raum angekommen, deutete er auf den Boden. „Schau dir das mal an."

Caros Blick folgte dem Fingerzeig, und sie stieß einen Laut der Verzückung aus. „Ist das ein Mosaik?"

„Sieht ganz danach aus."

„Könnt ihr es retten?" Caro warf Juan einen scheuen Blick zu.

„Ich gehe davon aus." Juan grinste und klopfte Diego auf die Schulter. „Schließlich hast du jetzt fähige Arbeiter."

„Ist ein schönes Anwesen." Diego lächelte ebenfalls. „Umso schöner, dass es jemandem gehört, der das zu schätzen weiß."

„Das tue ich!" Caro betrachtete erneut das Mosaik oder vielmehr den Teil, der bereits freigelegt war.

„Wir sind weiterhin vorsichtig. Wer weiß, was wir noch entdecken." Diego war in die Hocke gegangen und strich mit der Handfläche über die bunten Steine. Eine zärtliche Geste, die Caro anrührte.

Juan führte Caro in das Nachbarzimmer. „Du hattest sicherlich bereits Kontakt mit der Denkmalbehörde?"

„Ganz am Anfang. Bevor mit den Umbauarbeiten begonnen wurde." Caro rieb sich das Kinn und trat von einem Bein auf das andere.

„Mach dir keine Sorgen." Juan legte ihr eine Hand auf die Schulter. „Dir ist ohnehin daran gelegen, den ursprünglichen Charakter der Finca zu erhalten. Das wird auch demjenigen schnell klar sein, der zur Begutachtung herkommt."

Caro nickte. Dennoch ließ das nagende Gefühl in ihren Eingeweiden nicht nach, das ihr sagte, dass ein erneuter Kontakt mit der Denkmalschutzbehörde Ärger bedeutete.

„Außerdem", Juan zwinkerte ihr zu, „kann es gut sein, dass du sogar Fördermittel beantragen kannst."

„Tatsächlich?"

„Wie gesagt, der Erhalt ist den Behörden wichtig. Ich habe Kontakte, die ich mal anfragen werde."

„Vielen Dank." Caro lächelte und wünschte sich den Augenblick des gestrigen Tages zurück, als sie und Juan knapp davor gewesen waren, einander näherzukommen. Oder hatte sie sich das nur eingebildet? Unabhängig davon – sollte sie sich nicht vielmehr fragen, ob sie mit einem neuen Mann etwas anfangen sollte, kaum dass sie von ihrem letzten im Stich gelassen wurde?

„Nicht dafür", entgegnete Juan und riss Caro damit aus ihren Gedanken.

Erst mal Abstand gewinnen!, entschied sie und verließ das Zimmer. Zugegebenermaßen war ihre Reaktion auf den attraktiven Mallorquiner nichts Neues. Zuvor, unter der Maßgabe Daniels Partnerin zu sein, hatte sie die Begeisterung, welche sie Juan gegenüber empfand, nicht zulassen wollen. Tief durchatmen und auf das Wesentliche konzentrieren, riet sie sich. Ein Ausspruch ihrer Mutter, den sie von jener bereits in Kindertagen gehört hatte.

Sie betrat ihr Schlafzimmer in dem Moment, als der Signalton den Eingang einer Textnachricht verkündete. Von wem die stammte, wusste Caro noch bevor sie einen Blick auf das Display warf: Daniel.

Dieses Mal half der Rat, durchzuatmen nicht. Ebenso wenig die Stimme, die ihr riet, die Message nicht zu lesen. Ihr Daumen tippte auf das Display, woraufhin ihre Augen die Worte abfuhren:

Liebe Caro!
Sicherlich machst Du Dir Sorgen und bist überrascht, dass ich so plötzlich fort bin. Das war nicht meine Absicht, doch ich wusste nicht, wie ich Dir alles erklären könnte. Ich habe eine Nachricht erhalten, wegen der ich zurück nach Deutschland musste. Ich werde Dir alles genauer erläutern, wenn ich klarer sehe.
Es tut mir leid!

Daniel

Das Handy in der Hand stand Caro da. Las die wenigen Zeilen ein zweites, dann ein drittes Mal, während die Fassungslosigkeit durch die Hitze der aufwallenden Wut verdampfte. Hatte der Kerl sie noch alle? Welche Nachricht sollte ihn erreicht haben, dass er umgehend zurück nach Deutschland musste, und das vor allem nicht zuvor mit ihr besprechen konnte? Alles schrie nach einer faulen Ausrede, und die Frage des Warums drängte sich mehr in den Vordergrund als vor Daniels seltsamer Nachricht.

Was veranlasste jemanden, von jetzt auf gleich zu verschwinden? Und wieso meldete er sich überhaupt bei ihr?

Sie warf das Handy aufs Bett, als sei es mit einem Mal heiß und drohe, sie zu verbrennen. Mit der Faust schlug sie auf das Kopfkissen, auf dem bis vor einer Nacht noch sein Kopf geruht hatte. Wieder und wieder hieb sie darauf ein, während Tränen der Enttäuschung in ihren Augen brannten. „Was soll das, du verdammtes Arschloch?", schluchzte sie. „Warum tust du mir das an?"

Das Gesicht in das Kissen bergend, heulte sie weiter und wünschte, sie erhielte eine Antwort auf diese quälende Frage: Warum hatte Daniel sie verlassen?

5

Zu spüren, wie die Füße in den Sand einsanken, wuchs sich längst zur Obsession aus. Kaum ein Tag verging, an dem sie nicht mindestens einmal den kurzen Weg zum Strand nahm, aus ihren Schuhen schlüpfte, um die Sohlen in den weichen Untergrund zu pressen. Am besten gefiel Caro das feine Kitzeln, das die Körnchen zwischen den Zehen verursachten. Stets straffte sich ihr Rücken, wenn die Sorgen für einen Moment davon abfielen, und hätte sie Schaufel und Eimer, sicherlich würde sie eine Sandburg bauen, wie sie es als Kind so gerne getan hatte.

Sie schritt auf das Meer zu, das nahezu reglos da lag, als sei es ein großer See. Nur hin und wieder kräuselten feine Wellen die Oberfläche und brandeten den sanft abfallenden Strand hinauf. Als sie diese Stelle erreichte, wechselte der Untergrund von pulvrig-weich zu fest und kühler. Auch das genoss sie, setzte erst den einen dann den anderen Fuß in das noch kalte Wasser und erschauderte wohlig. Zum Jahresbeginn besuchten nur wenige Touristen die Insel, und die Bucht entfaltete, wenn man alleine über den Sand wanderte, eine besondere Stimmung.

Caro ließ den Blick vom rechten, felsengesäumten Rand zur Mitte schweifen, wo das Wasser den Horizont berührte. Sog die Luft, die vom salzigen Aroma des

Ozeans durchwoben war, ein und wusste, dass sie hier richtig war. Dass es keinen anderen Ort gab, an dem sie lieber wäre. Doch die Angst, dass der Traum platzen könne, krallte sich unbarmherzig in ihren Nacken, und selbst das heranwogende Wasser, das ihre Knöchel umspülte, konnte sie nicht fortwaschen.

Tief durchatmen und auf das Wesentliche konzentrieren. Die Stimme ihrer Mutter im Kopf, nickte sie stumm. Noch lebte sie ihren Traum und würde weiter dafür kämpfen!

Sie wählte ihren Weg entlang der Wasserlinie und sah einer älteren Mallorquinerin zu, die mit einem Krückstock über den Sand auf das Meer zu marschierte. Wenige Meter vom Wasser entfernt, entledigte sie sich ihrer Kleidung und des Stocks, um im Badeanzug in die Fluten zu waten.

Fasziniert sah Caro ihr dabei zu, wie sie, scheinbar ohne die Kälte zu spüren, weiter hineinging, um sich schließlich treiben zu lassen. Der Anblick war friedvoll, und Caro wünschte sich, eines Tages wie diese Frau zu sein, die glücklich wirkte in ihrem Hier und Jetzt.

Als sie sich umwandte, erblickte sie Juan, der ihr von der Promenade aus zuwinkte. Caro beeilte sich, zu ihm zu gehen. „Was ist los?", fragte sie, als sie bis auf wenige Meter an den Bauunternehmer herangekommen war.

„Das solltest du dir ansehen."

Bevor Caro weitere Fragen stellen konnte, hatte sich Juan umgedreht und strebte auf die Villa zu. „Moment!", rief Caro, die sich den Sand von den Füßen klopfen musste, bevor sie in ihre Schuhe schlüpfte. Zwar gab es am Strand Duschen, aber die wurden erst zum Saisonbeginn im Frühjahr wieder mit Wasser versorgt.

Juan musste lachen, als Caro auf einem Bein auf ihn zu hüpfte, während sie versuchte, über den anderen Fuß ebenfalls einen Schuh zu ziehen. „Okay. Ich warte."

„Sehr freundlich." Sie musste ebenfalls grinsen. „Ich wäre dann so weit."

„Dann los."

Sie betraten die Villa, und Juan führte Caro in das Zimmer, in dem sie das Mosaik entdeckt hatten. Diego und seine Leute hatten weitere Teile des Bodens abgetragen, sogar die Wand zum Nachbarraum zum größten Teil entfernt. Caros Idee war es gewesen, dieses Zimmer zu einer Art Suite zu machen, die sie zum Beispiel an Frischverheiratete vermieten konnte.

Angesichts des Anblicks klappte Caros Unterkiefer nach unten. Nicht nur, dass der kunstvolle Bodenschmuck größer war als erwartet, seine Ausgestaltung war meisterhaft. Rot- und Orangetöne formten Fische, die vom Blau des ebenfalls ins Bild umgesetzten Wassers umgeben waren. „Das ist wunderschön", flüsterte Caro. Der Eindruck, an einer heiligen Stätte zu stehen und die durch zu lautes Sprechen zu entweihen, war übermächtig.

„Das ist definitiv etwas Besonderes", sagte Juan.

Caro nickte stumm. Diese Feststellung bedurfte keiner weiteren Kommentierung.

„Ich würde vorschlagen, dass du dich beim Rathaus in Calvia meldest und darum bittest, dass sich jemand von der Gemeinde ein Bild macht." Juan kratzte sich am Ellenbogen. „Bevor wir weitermachen und es nachher heißt, wir hätten etwas kaputt gemacht."

„Du hast sicherlich recht", entgegnete Caro mit tonloser Stimme. Das imposante Mosaik nahm sie weiterhin gefangen.

„Wir arbeiten dann in den Zimmern im Westflügel weiter." Juan bedeutete Diego, ihm zu folgen, und die beiden Männer ließen Caro in dem Zimmer allein.

„Wieso kommst du mir bekannt vor?", fragte Caro die bunten Kacheln zu ihren Füßen und erwartete nahezu, dass die rot-orangen Fische antworteten, wobei Luftblasen ihren Mäulern entweichen würden. Eine absurde Vorstellung, die sie schmunzeln ließ.

Der Eindruck, etwas Derartiges schon einmal gesehen zu haben, ließ sich nicht abschütteln. Sie zog das Smartphone aus der Tasche und googelte das „Ajuntament de Calvia", das Rathaus. Es gehörte zur internationalen Ausrichtung ihrer neuen Inselheimat, dass die Seiten auch in englischer Sprache zur Verfügung gestellt wurden. Sicherlich benötigte sie für solch ein spezielles Anliegen einen Termin. Und fragte sich, ob sie erwarten konnte, dass die Mitarbeiter dort Englisch sprachen? In der Schule hatte sie kein Spanisch gelernt, hatte es mit einem Kurs aus einem Buch versucht, schließlich mit einer Lehrerin, die sie per Zoom unterrichtete, doch die Probleme auf der Baustelle hatten die Bemühungen ins Stocken gebracht.

Ob sie Juan um Hilfe bitten konnte? Einerseits fürchtete sie, die Freundlichkeit des Bauleiters überzustrapazieren, andererseits wusste sie sich keine andere Hilfe. Da die gesamte Aufmerksamkeit der Villa und dem Umbau galt und sie auch zuvor nur wenige Kontakte auf der Insel geknüpft hatte, blieb ihr nur, den attraktiven Mallorquiner erneut um Hilfe zu bitten.

Auf dem Weg zu den Zimmern des Westflügels fasste Caro einen Plan, wie sie ihre Bitte mit einem Angebot würde verknüpfen können. Sie hoffte, Juan würde es annehmen, und spürte sogleich ein Kribbeln im Bauch beim Gedanken daran. „Hast du einen Augenblick für mich?", fragte sie, als sie das Eckzimmer betrat, in dem Diego und Juan dabei waren, die erforderlichen Arbeiten zu besprechen.

„Klar!" Das breite Grinsen und das feine Netz aus Lachfältchen, die sich seitlich der braunen Augen zeigten, veranlassten Caros Herz, schneller zu schlagen.

Oh Mann, hat es dich schon erwischt!, dachte Caro und musste alle Konzentration aufbringen, um die nächsten Worte auszusprechen. „Ich würde mich gerne revanchieren für deine große Hilfe, dein Verständnis, deinen Beistand." Bei den letzten Worten brach ihr die Stimme, und ihre Augen füllten sich mit Tränen.

„Wie ich bereits sagte", Juan berührte sie an der Schulter, „das habe ich gerne gemacht."

„Danke, aber lass mich zumindest versuchen, es gutzumachen."

Juan hob abwehrend die Hände. „Aber das musst du nicht."

Caro schüttelte den Kopf. „Das habe ich falsch ausgedrückt. Ich möchte dir eine Freude machen. Sobald die Küche fertig ist, würde ich gerne für dich kochen. Was hältst du davon?"

Juan lächelte. „Die Einladung nehme ich gerne an."

Caro schluckte. Noch war sie nicht mit ihrer eigentlichen Bitte herausgerückt. „Juan. Es wirkt so, als wollte ich dich mit der Einladung ködern, damit ich noch etwas von dir erbitten kann."

Wieder grinste der Mallorquiner. „Nur raus damit."

„Das Rathaus." Erneut schluckte Caro.

Juan riss die Augen auf. „Natürlich begleite ich dich. Sorry, Caro. Das habe ich gar nicht bedacht, dass es dir Schwierigkeiten machen würde, mit den Behörden zu sprechen."

„Besonders, da mein Spanisch nicht allzu gut ist."

„Das wird schon alles." Juan legte den Kopf schief. „Das heißt also, dass wir zeitnah die Küche fertig bekommen müssen, damit ich zu meinem Essen komme." Sein Zwinkern spülte eine prickelnde Woge durch Caros Körper.

„Das wäre super", sagte sie.

6

Dass Señora Gasperro kein besonderes Entgegenkommen zeigen würde, hatte Caro bereits beim gemeinsamen Besuch im Rathaus mit Juan gewusst. Es waren keine Spanischkenntnisse erforderlich, um die verkniffene Mundpartie, die streng dreinblickenden Augen hinter der schwarz umrandeten Brille und das Kopfschütteln bei jeder Ausführung Juans richtig zu deuten.

Caro bewunderte ihn für seine Geduld. Ihre Zündschnur war deutlich kürzer, und den Punkt, an dem die Situation eskaliert wäre, hätte sie bereits mehrfach erreicht, wäre sie es, die das Gespräch führte. Glücklicherweise war sie das nicht. Denn es erschien nicht sinnvoll, die Dame zu verärgern und die Konfrontation mit ihr zu suchen. Sie saß am längeren Hebel.

Zum wiederholten Male schritt Señora Gasperro das Mosaik ab, umrundete es einmal, während ihr prüfender Blick darauf ruhte. Caro verlagerte das Gewicht von einem auf das andere Bein und fragte sich, was dieses Schweigen zu bedeuten habe.

Schließlich räusperte sich Señora Gasperro und sagte etwas, von dem Caro ein Wort oder vielmehr einen Namen verstand, der die Aufregung in sie fahren ließ.

„Was hat sie gesagt?", fragte sie Juan und konnte nicht sagen, ob sie die Antwort tatsächlich hören wollte.

Juan kratzte sich im Nacken. „Das ist womöglich eine größere Sache, als wir geahnt haben." Er machte eine Pause. „Die Dame meint, dass es sich möglicherweise um ein Werk Antoni Gaudis handelt."

Caro schluckte geräuschvoll. Von Anfang an hatte sie geahnt, dass dieses Mosaik etwas Besonderes war. Der Gedanke hatte sich verdichtet, wurde durch die Äußerung der Señora zum Tropfen, der von der Klippe Vermutung hinabstürzte und in Caros Becken des bewussten Denkens die Oberfläche aufwühlte. Natürlich kannte sie Antoni Gaudí, den berühmten spanischen Architekten, der vor allem in Barcelona gewirkt hatte. Zu seinen berühmtesten Bauwerken zählte die Sagrada Família, eine bis heute unvollendete Kirche.

„Kann das wirklich sein?" Caros Zunge fühlte sich taub an.

Juan zuckte mit den Schultern. „Zunächst ist es nur eine Vermutung. Sollte sich die aber bewahrheiten ..." Er rieb sich das Kinn.

Den Satz musste er nicht zu Ende führen. Caro verstand auch so: Ein derart bedeutendes Werk innerhalb der Mauern würde sicherlich das Aus für ihren Traum bedeuten. „Was machen wir jetzt?" Sie flüsterte, obwohl Señora Gasperro ohnehin kein Deutsch verstand.

Juan lieferte sich einen Wortwechsel mit der Denkmalschutzbeauftragten, der ihrerseits von strengen Blicken, Stirnrunzeln und Kopfschütteln begleitet wurde. *„Vale"*, sagte Juan schließlich. *„Muchas gracias*, Señora Gasperro."

Sie begleiteten die Dame zum Ausgang, die Caro mit einem Gesichtsausdruck die Hand schüttelte, als habe sie gerade einen Schluck Meerwasser geschluckt. „Also, was ist nun?", fragte Caro, als Gasperro fort war.

„Gaudí war Anfang des zwanzigsten Jahrhunderts auf der Insel. Er leitete Umbaumaßnahmen an verschiedenen Bauwerken. Unter anderem bei dem Kloster Lluc und der Kathedrale in Palma." Juan fasste Caro an den Schultern. „Es ist nur eine Vermutung, aber es könnte natürlich sein, dass er im Rahmen dieses Aufenthaltes weitere Arbeiten durchgeführt hat. Auch für Privatleute."

„Angenommen, das Mosaik ist sein Werk?"

Juan stieß die Luft aus. „Schwer zu sagen. Ich habe Señora Gasperro danach gefragt, aber keine abschließende Antwort erhalten."

„Nehmen sie mir die Villa dann weg?" Caro musste die Tränen wegblinzeln, die in ihre Augen schossen.

Juan, der sie immer noch an den Schultern hielt, strich sanft darüber. „Hey. Das ist nicht gesagt und eine sehr radikale Lösung."

Caro kaute auf der Unterlippe und schlug den Blick nieder. „Aber unmöglich ist es nicht. Und egal, was kommt, bestimmt muss ich einen Rechtsstreit führen. Als Ausländerin mit einer mallorquinischen Behörde vor einem mallorquinischen Gericht. Das ist doch chancenlos."

„Caro." Juan legte die Fingerspitzen an Caros Kinn und hob vorsichtig ihren Kopf, so dass sie ihm in die Augen sah. „Jetzt sieh nicht gleich schwarz. Zunächst wird ein Sachverständiger das Mosaik begutachten, und ich konnte die Señora überzeugen, dass wir mit den Umbauarbeiten in den übrigen Bereichen der Villa fortfahren können. Das sind doch gute Neuigkeiten?"

Caro rang sich ein Nicken ab.

„Und sieh es doch mal so. Du hast einen echten Schatz in deinem Anwesen. Was meinst du, wie begeistert deine Gäste sein werden?" Er drückte Caro kurz an sich. „Wir sind vorsichtig, ob wir weitere Werke finden, aber falls dies das Einzige bleibt, überlegen wir uns etwas, wie wir es schützen und richtig in Szene setzen können. Dann hast du einen richtigen Eyecatcher."

Der Optimismus, der in Juans Äußerungen lag, brachte Caro endlich zum Lächeln. „Einverstanden", sagte sie.

„Ich habe auch noch eine Überraschung für dich."

„Da bin ich gespannt."

„Denke ich mir. Dann komm mal mit." Juan verließ das Zimmer, um den Flur zu betreten, der nicht nur zu den Zimmern und vorne zur Rezeption führte, sondern auch die Treppe beherbergte, über die man ins Obergeschoss gelangte.

„Etwa die Küche?", rief Caro Juan hinterher, der schon halb die Treppe hinaufgeeilt war.

„Keine Fragen, sonst ist es keine Überraschung", entgegnete er mit gespielt beleidigtem Unterton.

Caros Herz flatterte wie ein junger Vogel. Er ist nicht dein Liebhaber, verdammt!, herrschte sie sich innerlich an. Und doch fühlte es sich genauso an. Wobei sie diese Art des liebevollen Umgangs kaum mit einem ihrer bisherigen Partner gehabt hatte. Daniel hatte stets erwartet, von ihr überrascht zu werden, und dies sogar eingefordert, während er selbst nie auf solch eine Idee gekommen war.

Dankbar registrierte sie den aufwallenden Ärger angesichts des Gedankens an ihren Verflossenen. Wut war hilfreich, um sich von jemandem zu lösen. Zumindest besser, als in Tränen auszubrechen, wenn der einem in den Sinn kam.

Das Obergeschoss, das sie mit der letzten Stufe erreichte, war im Grunde ein offener Raum. Sie liebte das gesamte Anwesen, doch dieses Stockwerk hatte es ihr besonders angetan. Nach hinten ausgerichtet und als einziger Raum durch eine Wand abgetrennt, befand sich die Küche. Nach vorne erstreckte sich eine Terrasse, die durch ein faltbares Glaselement in den kühleren Wintermonaten geschlossenen werden konnte. Die gesamte Front gab einen spektakulären Blick auf den Strand und die Bucht frei.

Juan hatte die Tür zur Küche geöffnet und winkte Caro zu sich. „Ich bin gespannt, was du sagst." Er machte Platz, damit Caro als Erste eintreten konnte.

„Das glaub ich nicht." Sie schlug die Hände vor den Mund. Sie hatten besprochen, wie die Küche aussehen sollte, dies aber umgesetzt zu sehen, war etwas anderes. Sie wandte sich an Juan. „Ganz wunderbar!"

„Das freut mich sehr." Juan grinste.

Der Raum verfügte über eine große Durchreiche in Richtung der Terrasse, die durch eine Edelstahljalousie verschlossen werden konnte. An der hinteren Wand befanden sich die Küchengeräte und eine Arbeitsfläche, ebenfalls aus Edelstahl.

„Das sieht aus wie eine Profiküche." Caro sah sich mit großen Augen um.

„Ist es ja auch." Juan stützte sich an der gefliesten Wand ab. „Dabei dachte ich, du möchtest nur Frühstück servieren?"

„Am Anfang schon, aber eventuell würde ich das Angebot ausweiten. Vielleicht sogar einen Koch einstel-
len. Wenn die Terrasse nicht von Hotelgästen genutzt
wird, könnte ich hier sogar einen Restaurantbetrieb
anbieten.“

„Gute Idee.“ Juan nickte anerkennend. „Siehst du, wie
geschäftstüchtig du bist? Ich mache mir keine Sorgen,
dass du es schaffen wirst.“

„Danke!“ Als Caro tief in Juans Augen blickte, schlug
ihr Herz schneller, als sei der Vogel, der sich zuvor bereits flatternd bemerkbar gemacht hatte, davon aufgeschreckt worden.

„Was hältst du von morgen Abend?“

Einen Augenblick wusste sie nicht, was Juan meinte,
dann fiel der Groschen. „Das Essen. Gerne morgen.“

„Ich werde ohnehin morgen ab Nachmittag da sein.
Ich stehe auf Abruf bereit.“

Sie überlegte, ob es ein anzügliches Grinsen war, zu
dem sich Juans Mundwinkel verzogen, und im nächsten Augenblick, ob sie sich genau das gewünscht hätte.

7

Du hättest ihn fragen sollen, was er gerne isst! Zu spät, sich deshalb verrückt zu machen, dennoch tat Caro genau das. Normalerweise liebte sie es, bei Mercadona, dem großen Supermarkt im Ort, einzukaufen. Doch heute herrschte Aufregung vor und ließ sich auch nicht durch Beruhigungsversuche, selbst die innere Stimme ihrer Mutter, vertreiben.

Der Gedanke an Letztgenannte verursachte ein Brennen, denn es war längst überfällig, dass Caro sie anrief. Um ehrlich zu sein, hatte sie das herausgeschoben. Es ging nicht darum, dass ihre Mutter nicht von Daniels Verschwinden erfahren sollte. Sie würde sich Sorgen machen um ihre Tochter, wenn sie erfuhr, dass Caro dieses Vorhaben alleine durchzuziehen musste. Als ob du das nicht ohnehin getan hättest!, dachte sie und verzog den Mund zu einem sarkastischen Grinsen.

Gefühlte Ewigkeiten hatte Caro mit ihr darüber diskutiert, versucht, ihr klarzumachen, dass sie in ihre Tochter und deren Fähigkeiten vertrauen konnte und sollte. Aber wirklich zu ihr durchgedrungen war sie ihres Eindrucks nach damit nicht.

Natürlich verfolgte ihre Mutter gute Absichten, aber auch die konnten fehlgeleitet sein.

Die Gedanken an Frau Mutter schob sie zur Seite, ironischerweise, indem sie deren Ausspruch „Tief durchatmen und auf das Wesentliche konzentrieren“ beherzigte. Sie kaufte einen Seeteufel und verschiedene Sorten Gemüse. Sicherlich konnte sie mit einem maritimen Gaumenschmaus bei dem Mallorquiner punkten.

Sie versorgte sich zudem mit einer Erstausstattung an Pfannen, Töpfen und dazugehörigem Küchenwerkzeug, das ebenfalls im Supermarkt zu finden war.

Als sie die Einkäufe in den Kofferraum räumte und sich dabei vorstellte, dass sie gleich zum ersten Mal ihre neue Küche würde ausprobieren können, verwandelte sich ihre Aufregung in Vorfreude. Mit Sicherheit würde es ein angenehmer Abend werden, und sie würde unvoreingenommen herangehen.

Als sie den Wagen anließ und im Radio auch noch „Otherside“ von den Red Hot Chili Peppers gespielt wurde, drehte sie die Lautstärke voll auf und sang mit. Juan hat recht, dachte sie. Du solltest mehr auf dich und was du kannst vertrauen. Schließlich war sie keine Traumtänzerin, sondern wählte ihre Schritte mit Bedacht. Auch die Idee des Boutique-Hotels, den Ort, die Immobilie, alles hatte sie genau ausgewählt und geprüft.

Das Grundstück vor der Villa war groß genug, dass darauf ein Pool und eine Einfahrt Platz fanden, in der sie parken konnte. Auch hier mussten noch Arbeiten erledigt werden, um alles in einen Zustand zu versetzen, der den Empfang von Gästen zuließ. Doch als sie aus dem Wagen stieg, sah sie zum ersten Mal seit Wochen wieder, wie es einmal aussehen würde, und nicht nur den aktuellen Zustand, der die Sorgen heraufbeschwor, ob es überhaupt zu schaffen war.

Beschwingten Schrittes stieg sie die wenigen Stufen zum Eingang hinauf. Die Tür stand offen, da die Bauarbeiten in vollem Gange waren. Das Obergeschoss erreichte sie über die Treppe und stellte die Tüten auf der Arbeitsfläche ab. Drehte sich einmal, mitten in dem Raum stehend, um die eigene Achse. Konnte nicht fassen, was sie sah, erschien es doch immer noch traumhaft, dass ein Teil ihrer Vision bereits umgesetzt wurde.

Sie packte die Tüten aus, sortierte die Lebensmittel nach Arbeitsschritten, so wie sie es stets tat, und öffnete den Schrank, der für die Töpfe und Pfannen gedacht war und bestückte den ebenfalls.

Obwohl sie es nicht professionell gelernt hatte, Caro war examinierte Krankenpflegerin, war das Kochen ihre eigentliche Passion. Anfangs hatte sie daher auch überlegt, ein Restaurant zu eröffnen, doch die Konkurrenz war groß, und ohne Gerichte, die ein Alleinstellungsmerkmal hatten oder ein sonstiges kulinarisches Highlight darstellten, hatte sie befürchtet, sich nicht dagegen durchsetzen zu können. Außerdem liebte sie es, Gäste zu haben. Menschen die Schönheit der Insel näherbringen zu können. Daher war die Eröffnung des Hotels die einzig logische Konsequenz gewesen.

Die Zubereitung des Seeteufels kostete sie ein wenig Überwindung. Unglaublich, wie hässlich dieses Geschöpf war und damit seinem Namen alle Ehre machte. Sie beeilte sich, den monströsen Kopf vom Körper zu trennen und in der Mülltonne verschwinden zu lassen. Dennoch schätzte sie diese Fischart für ihre grätenfreien Filets, die in der Konsistenz an Geflügelfleisch erinnerten und ebenso geschmacklich zu überzeugen wussten.

Zügig stellte sich der Flow-Zustand ein, den Caro so liebte. Der Moment, in dem sie eins wurde mit ihrem Tun, jede Bewegung harmonisch in die nächste überging. Schon bald erfüllte der Duft des gegarten Gemüses und Fisches die Luft.

„Das riecht fantastisch."

Caros Blick löste sich vom Seeteufel in der Pfanne und verharrte bei der Tür, an deren Rahmen Juan lehnte, dessen Mundwinkel ein Lächeln umspielte. „Vielen Dank. Du kommst auch genau richtig. Ist jeden Augenblick so weit."

„Dann lag meine Nase richtig."

Caro näherte sich, so dass sie in den Gastraum deuten konnte. „Du kannst schon Platz nehmen. Der Tisch ist gedeckt."

„Alles klar. Dann bis gleich."

Auf den Tellern richtete sie Gemüse und Fisch an, überlegte kurz, ob es richtig gewesen war, auf eine weitere Beilage wie Reis zu verzichten. Doch der Seeteufel lieferte eine ordentliche Filetportion, und Juan wirkte wie ein Mann, der beim Essen auf die Menge achtete.

Das Essgeschirr auf Händen haltend näherte sich Caro dem Tisch, vor dem Juan stand, der ihr den Rücken zuwandte. Er trug ein Hemd, das tailliert war, und damit enger anlag, als die, die er normalerweise anhatte, und sogleich war ihr klar, dass sie mit ihrer Vermutung richtig gelegen hatte. Die Kontur, die sich darunter abzeichnete, ließ einen durchtrainierten Oberkörper vermuten, und sie ertappte sich dabei, dass sie sich den unbekleidet vorstellte.

Juan fuhr herum, als sie sich bis auf wenige Schritte genähert hatte, und der Blick aus seinen braunen

Augen steigerte die Wärme, die bereits durch ihre Adern pulsierte, zu Hitze. Einen Augenblick standen sie einfach da, einander anstarrend, und Caro stellte fest, dass der Gedanke, Juan ohne Hemd zu betrachten, zu Verlangen wurde.

„Setz dich", sagte sie schnell und hoffte, damit die Spannung, die zwischen ihnen flirrte, zu zerteilen.

„Gerne." Juan setzte sich, und Caro servierte. „Ich liebe Seeteufel."

„Da bin ich froh. Mir fiel erst beim Einkaufen auf, dass ich dich nicht gefragt habe, was du gerne isst."

„Scheinst ein Gespür für mich zu haben."

Caro unterdrückte den Impuls, sich Luft zuzufächeln, denn angesichts Juans nächstem Blick in ihre Augen, loderte die Hitze in ihrer Brust erneut auf. „Guten Appetit", sagte sie stattdessen. Hoffte auch dieses Mal, das Zusammentreffen zu einer Alltäglichkeit zurückzuführen, die es von Anfang an nicht besessen hatte.

„Was ist eigentlich mit deiner Familie?"

„Wie bitte?" Die Frage traf Caro unvermittelt.

Juan lachte. „Sorry. Ich wollte dir das nicht so an den Kopf knallen. Ich bin wohl etwas eingerostet."

„Eingerostet? Auf was bezogen?"

„Smalltalk und Dates."

Und schon war sie wieder da, die Hitze. Sie nahm einen Schluck von ihrem Wasser und hoffte, dass es sie etwas herunterkühlen würde. „Dates?", fragte sie mit dünner Stimme.

„Da siehst du's." Juan lachte erneut. „Schon wieder. Wie ein Elefant im Porzellanladen."

Jetzt musste Caro ebenfalls lachen. Sie nahm einen weiteren Schluck Wassers. „Ich habe nichts gegen ein Date mit einem Elefanten. Beeindruckende Tiere."

„Hört, hört! Darauf stoßen wir an." Juan ergriff sein Weinglas und prostete ihr zu, was Caro erwiderte.

„Was möchtest du denn zu meiner Familie wissen?"

Nun war es an Juan, konsterniert dreinzublicken. Schließlich nickte er. „Klar, das habe ich ja ursprünglich gefragt. Was ist mit deinen Eltern?"

„Mein Vater ist vor einigen Jahren verstorben. Herzinfarkt."

„Das tut mir leid."

Caro zuckte mit den Schultern. „Wohl Folge eines ungesunden Lebenswandels. Mein Vater lebte für seine Arbeit und hat ziemlichen Raubbau an seinem Körper betrieben."

„Verstehe. Was hat er denn beruflich gemacht?"

„Er war der Vertriebsleiter einer Firma, die Roboter herstellt, wie sie in der Automobilindustrie eingesetzt werden. Dafür musste er häufig reisen, mit unregelmäßigen Schlafzeiten, dazu hat er viel geraucht." Sie winkte ab. „Es war dennoch ein Schock, aber leider absehbar, dass er auf kein gutes Ende zusteuerte."

„Und wahrscheinlich hat er sich da auch nicht reinreden lassen."

„Woher weißt du das?"

Juan grinste. „Mein Vater ist in dem Punkt genauso. Glücklicherweise raucht er nicht und hing auch nicht sonderlich an seiner Arbeit, aber wehe, ich versuche, seine antiquierten Ansichten in Frage zu stellen."

„Das kann bei meiner Mutter aber ebenso zum Problem werden."

„Allerdings." Wieder erhob Juan sein Glas. „Auf unsere eigenwilligen Erzeuger, die unsere Geduld zwar so manches Mal auf die Probe stellen, von denen wir aber dennoch froh sind, sie zu haben."

„Gut gesagt. Prost!"

Ihre Gläser trafen klirrend aufeinander. Die Stimmung lockerte sich weiter, was nicht nur an der einsetzenden Wirkung des Alkohols lag, sondern Juans offener und lockerer Art.

„Und was hast du in deinem früheren Leben gemacht?"

„Du willst alles wissen?" Caro giggelte. Weniger Wein und mehr Wasser!, schärfte sie sich ein und wusste sogleich, dass sie dem keine Folge leisten würde.

„Nur die unanständigen Details." Juan grinste anzüglich, und die Wirkung des Weins war auch seiner Stimme anzuhören.

„Da ich ein anständiges Mädchen bin, beginne ich nicht damit."

„Kein Problem, ich habe Zeit." Juan verschränkte demonstrativ die Hände im Nacken, und sein Lächeln wurde noch breiter.

Wie es wohl wäre, ihn zu küssen, dachte Caro und schrak innerlich zusammen. War das ebenfalls der Wein, der aus ihr sprach? Brachte der Alkohol nicht einfach die Wahrheit zu Tage? „Ich bin gelernte Krankenschwester und habe auch einige Jahre in dem Beruf gearbeitet."

„Dann weiß ich in Zukunft, an wen ich mich wenden kann, falls ich ein medizinisches Problem habe."

„Ich wäre froh, mich revanchieren zu können."

„Das hast du bereits mehr als ausreichend." Juan deutete auf seinen leergegessenen Teller. „Es war übrigens vorzüglich. Du solltest der Idee mit dem Restaurant unbedingt eine Chance geben."

„Vielen Dank."

„Nur die Wahrheit." Juan zwinkerte ihr zu. „Wie bist du dann auf die Idee hierfür gekommen?"

„Schwer zu sagen, da es keinen festen Zeitpunkt gab. Ich war achtzehn, als ich nach dem Abitur mit der Ausbildung zur Krankenpflegerin begann. Medizin hat mich immer fasziniert, und zudem habe ich gerne mit Menschen zu tun."

„Das klingt nach einem Aber."

Caro seufzte. „Leider. Nicht, dass ich nicht froh bin, den Schritt gewagt zu haben, und womöglich hätte ich mich auch ohne dieses kaputte System dazu entschieden."

„Das kaputte System?" Juan runzelte die Stirn.

„Sorry. Das Gesundheitssystem meine ich. Der Kostendruck und Personalknappheit führten dazu, dass immer weniger Zeit blieb für die Patienten. Das hatte schon etwas von Abfertigung. Uns blieb immer weniger Zeit für ein kurzes Gespräch oder einfach etwas Zeit mit einem Patienten zu verbringen, dem es nicht gut ging."

„Dabei ist das das Wichtigste."

„Du sagst es." Caro trank von ihrem Wasser. „Ich habe mich immer unwohler gefühlt, wenn ich Patienten abwimmeln musste, um mit meinen Aufgaben durchzukommen. Dann noch die Arbeitszeiten, die schwierig sind. Schichtdienst, auch Nachtarbeit. Ich hatte immer mehr das Gefühl, alles dem Job unterordnen zu müssen. Und zuletzt ein nicht unwesentlicher Punkt: Besonders gut werden Pflegekräfte auch nicht bezahlt."

„Ich verstehe. Hört sich an, als habe man sich alle Mühe gegeben, deine Leidenschaft zu zerstören."

Caro verzog die Mundwinkel zu einem traurigen Lächeln. „Das hast du gut gesagt. Genauso hat es sich angefühlt. Eines Tages bei meiner Arbeit auf der Station habe ich mich gefragt, was ich hier eigentlich mache. Ob es das ist, was ich bis ins Rentenalter tun möchte."

„Und?"

„Du kennst die Antwort."

„Aber es interessiert mich, deine Überlegungen zu erfahren."

„Ich fühlte mich mir selbst fremd. Als würde eine andere Person Tag für Tag den Dienst antreten. Als optimistischer und fröhlicher Mensch erschrak ich angesichts meiner Dünnhäutigkeit. Ich fuhr immer öfter aus der Haut, auch Freunden und Familie gegenüber und empfand die Arbeit als Belastung."

„Das tut mir leid."

„Hat ja letztlich ein gutes Ende genommen. Das hoffe ich zumindest."

„Wie war das mit dem Optimismus?"

Dieses Mal grinste Caro breit. „Gut zugehört."

„Das tue ich stets."

Juans Blick ruhte auf ihr und entfesselte die Hitze erneut. „Ich räume dann mal ab. Möchtest du einen Nachtisch?"

Sie erhob sich und ging zu ihm hinüber. Als sie die Hand nach Juans Teller ausstreckte, erfasste der ihren Arm. „Gegen Nachtisch hätte ich nichts einzuwenden."

Seine Berührung entzündete ein Feuer in ihr. Der Teller in der anderen Hand geriet in Schieflage, und das Besteck, das herunterrutschte, polterte lautstark auf den Boden. „Sorry."

Sie ging in die Hocke und wollte es aufheben, als sie eine Berührung am Kinn spürte. Juans Hand, die ihren Kopf sanft hochschob, so dass ihres unmittelbar vor seinem Gesicht war. Als er seine Lippen auf ihre drückte, rutschte ihr der Teller aus der Hand und zerschellte auf den Fliesen. Doch dieses Mal schien der Laut von weit herzukommen.

Ihre Gedanken waren bei diesem Moment, der Wärme von Juans Lippen, die sich öffneten, während seine Zunge den Weg in ihren Mund fand. Wohliges Schaudern ließ sie zusammenfahren, während ihre Hände seinen Kopf umfassten, das kurzgeschnittene Haar im Nacken berührten und das Gefühl genossen, wenn sie die Finger gegen die Wuchsrichtung bewegte.

Juans leicht geöffnete Lippen liebkosten ihren Hals. Seine Hände wanderten ihren Rücken hinunter und stoppten bei ihrem Po.

„Die Arbeiter?", fragte Caro. Von sich selbst überrascht, einen klaren Gedanken fassen zu können.

„Sind schon fort. Habe ich für gesorgt."

Seine Hände drückten sanft zu, und sie genoss seine fordernde und dennoch nicht zu dominante Stärke. „Gehen wir in mein Zimmer."

„Okay."

Sie ließen voneinander ab, und der kurze Gedanke, ob es eine gute Idee war, wurde von ihrer Begierde erstickt, als sie in seine Augen sah, das Glitzern darin erkannte. Händchenhaltend ging sie voraus und führte ihn in ihr Quartier, wo sie sich auf das Bett fallen ließen.

Caro knöpfte Juans Hemd auf, fuhr mit den Fingern die Kontur seiner muskulösen Brust ab, bevor sie diese küsste.

Es ist völlig verrückt, was ich hier mache! Der Gedanke verhallte ungehört, als Juan ihr die Bluse herunterstreifte und den BH öffnete, um ihre Brüste zu liebkosen. Genieß es einfach, sagte sie sich, und das tat sie.

8

Der Nachteil einer rauschhaften Nacht war das ernüchternde Erwachen am folgenden Morgen. Der saure Geschmack auf der Zunge und die hämmernden Schmerzen im Kopf, beides Folgen von zu viel Weißwein, waren nur ein Teil davon. Auch das, was geschehen war, zumindest Fragmente davon, durchzuckte ihr Hirn, das noch nicht bereit war, für derart schwere Überlegungen.

Was hast du nur gemacht? Eine Frage, die sie sich in verschiedenen Variationen wieder und wieder stellte. Ihr Arm langte herüber zur anderen Seite des Bettes, fuhr tastend darüber, und sie konnte nicht sagen, ob sie enttäuscht oder erleichtert war, nichts zu fühlen. Kein schlafender Juan, der sich auf ihre Berührung hin, irgendeine Entschuldigung murmelnd, erhob. Aber eben auch keiner, der sie anlächelte und ihr sagte, dass die letzte Nacht etwas Besonderes war.

Hättest du das gewollt, fragte sie sich und konnte keine eindeutige Antwort geben. Lag es an Daniel? Dass es zu früh war, sich in eine neue Liebschaft zu stürzen? Oder daran, dass sie Angst hatte, erneut verletzt zu werden?

Sie kniff die Lider zusammen, als eine Schmerzwoge durch ihren Kopf zog wie ein Gewitterschauer. Als sich ihr Magen in Folge dessen zusammenkrampfte, sprang sie aus dem Bett und fiel vor der Toilettenschüssel auf die Knie, um Reste des gestrigen Mahles an die Kanalisation zu übergeben. Die Stirn auf der Klobrille, verharrte sie einige Zeit in dieser Position und hoffte, der Würgereiz entließe sie aus seinem Griff. Nach einer gefühlten Ewigkeit hatte sie das Schlimmste überstanden. Vorerst. Denn die Übelkeit zog sich zwar zurück, nistete sich aber in der Tiefe ihrer Eingeweide ein, wie ein unangenehmer Geruch, der sich auch durch intensives Lüften nicht beseitigen lässt. Heute war nichts mit ihr anzufangen. Schleierhaft erschien, wie es Juan gelungen war, das Bett zu verlassen.

Sie wankte zurück und ließ sich in die Laken fallen. Du brauchst Schlaf, dann fühlst du dich schon besser. Doch dieser einfache Rat ließ sich nicht umsetzen. Schloss sie die Augen, sah sie Juans Gesicht, seine braunen Augen, das verschmitzte Grinsen. Wie in einem Videoclip wurde dieses Bild im Wechsel von blitzartigen Sequenzen abgelöst, in denen Juan und sie sich küssten und miteinander schliefen. Wobei die Abschnitte zu kurz und chaotisch waren, um daraus eine Chronologie der Ereignisse bilden zu können. Was sich abgespielt hatte, nachdem sie das Essen beendet hatten, blieb ein diffuses Zerrbild.

Das Essen! Der Teller! Zu schnell schwang sie die Beine aus dem Bett und anschließend den Oberkörper in die Senkrechte. Mit knapper Not erreichte sie die Toilettenschüssel, um sich erneut zu übergeben. Reste sauren Mageninhalts brannten ihr auf Zunge und Lippen, während sie sich wünschte, einfach hier zu sterben.

„Caro? Wie geht es dir?“

Sie zuckte zusammen und wusste, wessen Stimme das war. In diesem Augenblick das Leben auszuhauchen wurde vom Wunsch zur Notwendigkeit. Am besten ertränkst du dich gleich hier in der Toilette!

„Ist schon gut.“

Etwas Kaltes, vermutlich ein Waschlappen wurde ihr in den Nacken gelegt, und Caro konnte kaum glauben, wie gut sich das anfühlte.

„Mach dir keine Gedanken. Ich habe schon Leute nach Saufgelagen gesehen, die ein deutlich schlimmeres Bild abgaben als du.“

Ein kräftiger Arm schob sich unter ihre Schultern und hob sie sanft empor. Die Augen ließ sie geschlossen. Trotz Juans Bekundungen, die Situation war ihr unglaublich peinlich.

„Wir Männer vertragen mehr Alkohol. Zumindest in der Beziehung dürfen wir uns als das stärkere Geschlecht bezeichnen.“ Er lachte auf. „Sorry. Dir ist sicherlich nicht nach Scherzen zumute.“

Juan löste sich von ihr, dann spürte sie erneut den Waschlappen, der ihr beim Aufrichten aus dem Nacken gerutscht war, auf der Stirn, wo er wohltuende Kühle verbreitete.

„Danke“, murmelte sie. Froh, zumindest dieses Wort über die Lippen zu bringen.

„Kein Problem. Ruh dich aus.“

Sie vernahm ein Klappern.

„Ich habe dir einen Eimer ans Bett gestellt. Für alle Fälle. Und hier.“

Juans Arm schob sich unter ihren Oberkörper und richtete sie auf.

„Ist etwas Wasser. Du musst unbedingt viel trinken.“

Sie nahm einige Schlucke.

„Hast du Aspirin oder ein anderes Schmerzmittel?"

„Ibuprofen", flüsterte sie.

„Wo?"

Es gelang ihr, Juan zu ihrer Hausapotheke zu lotsen. Nachdem sie die Tablette eingenommen hatte, sank sie zurück auf das Kissen. „Es tut mir so leid."

„Was denn?" Er strich ihr über den Kopf. „Das Leben ist nicht immer planbar, und oft sind gerade die ungeplanten Ereignisse die Besten."

Caro, die ihre Augen wieder geschlossen hatte, konnte ihm anhören, dass er lächelte. Leicht hätte sie das nachprüfen können, stellte jedoch fest, dass sie das nicht wollte. Er war hier und kümmerte sich um sie, obwohl sie einen jämmerlichen Anblick hergab. War das nicht weit mehr, als sie sich wünschen konnte?

Er strich ihr mit der Hand über den Kopf, und sie driftete ins Dösen hinüber, wo sich die schlaglichtartigen Erinnerungen an die letzte Nacht zu einem Traum verwoben. Mehr noch als die Bilder grub sich ein Gefühl in ihr Unterbewusstsein, das sich durchzog: Geborgenheit.

Bist du dabei, dich in Juan zu verlieben? Die Frage begleitete sie durch den tranceartigen Zustand dieses Tages und ließ sie auch am Abend nicht los, als sich Übelkeit und Kopfschmerzen endlich auf ein erträgliches Maß reduziert hatten.

Auf dem Rücken liegend, starrte sie zur Zimmerdecke und prüfte ihre Gefühle, ohne eine Antwort zu finden. Es war leicht, zu behaupten, dass sie alles im Griff hatte, so lange sie hier alleine war und alles in der Theorie durchging. Klarer würde sie sehen, wenn sie Juan gegenübertrat. Bei klarem Verstand, ohne Kater.

Sie schwang die Beine aus dem Bett, dankbar dafür, nicht von einer Woge der Übelkeit erfasst zu werden, und ging unter die Dusche. Genoss, wie das warme Wasser die Verspannungen ihrer Glieder löste und die Reste des Unwohlseins fort wusch.

Sie trocknete sich ab, wickelte ein Handtuch um das nasse Haar und zog sich Arbeitskleidung über. Zwar waren keine Geräusche mehr zu vernehmen, die vermuten ließen, dass auf der Baustelle gearbeitet wurde, aber es reichte, dass sie sich den Tag über nicht hatte blicken lassen. Sollte noch jemand da sein, wollte sie jetzt zumindest den Eindruck der sich kümmernden Bauherrin erwecken.

Sie öffnete die Zimmertür einen Spalt und lauschte. Als sie weiterhin nichts hörte, trat sie in den Flur. Obwohl sie sich sagte, dass es albern war, fühlte sie sich wie ein Eindringling, der unerlaubt durch die Räume wandelte. Im Zimmer mit dem Mosaik verweilte sie, betrachtete die pittoreske Darstellung der orange-roten Fische im blauen Wasser, streckte die Hand aus und strich vorsichtig über die glatte Oberfläche.

Insbesondere dieses Zimmer und das Kunstwerk lösten widerstreitende Gefühle aus. Einerseits betrachtete sie es als Privileg, dass es sich in ihren Räumen befand, andererseits wollte die Stimme nicht schweigen, die ihr sagte, dass damit Probleme auf sie zurollten. Sie hoffte, dass dem nicht so war.

9

„Was sagt er?", flüsterte Caro Juan zu und wischte die verschwitzten Handflächen an ihrer Hose ab. Die Übelkeit glich einem zu eng geschnürten Schal und erinnerte sie an das unangenehme Erwachen vor einer Woche, nach dem Essen und der Nacht mit Juan.

Seitdem war es auf der Baustelle vorangegangen, nur dieses Zimmer blieb, vereinbarungsgemäß, unberührt. Heute würde sich entscheiden, ob es so bleiben, sich schlimmstenfalls auf die gesamte Baustelle ausbreiten werde, die dann geschlossen würde, oder ob die Chance bestand, eine Einigung zu finden.

Der Sachverständige mit Glatze und schmaler Lesebrille, die dem Nasenrücken knapp hinter der Nasenspitze aufsaß, unterhielt sich angeregt mit Señora Gasperro. Obwohl Caro die Ohren spitzte und es ihr sogar gelang, einzelne spanische Worte aus dem Redefluss zu fischen, erschloss sich ihr der Inhalt nicht.

Juans Miene verriet, dass er der Unterhaltung folgte, so dass sie sich scheute, ein weiteres Mal nachzufragen, was gesprochen wurde. Stattdessen konzentrierte sie sich auf die Körpersprache, um kurz darauf festzustellen, dass dies nur die Nervosität in ihr nährte. Denn während der Herr mit Bewegungen geizte, gestikulierte Señora Gasperra umso enthusiastischer mit den Händen.

Schließlich wandte sich das Paar der Gelehrten, wie Caro sie im Kopf getauft hatte, an Juan, den sie etwas fragten. Der antwortete, und Caro verstand die Worte *si* und *seguramente*, also „sicherlich". Das schien die beiden zu befrieden, so dass sie sich, ohne viel Aufhebens um Caro zu machen, die der Angelegenheit nur stumm beigewohnt hatte, zum Verlassen der Villa anschickten.

„Was ist denn los?", flüsterte Caro Juan zu, als sie die Herrschaften zur Tür begleiteten.

„Mach dir keine Sorgen. Ich erzähle dir gleich alles." Nachdem sie sich verabschiedet hatten, ging Juan mit ihr zurück in die Villa. „Der Sachverständige glaubt nicht, dass das Mosaik ein Werk Gaudís ist."

Unsicher, wie sie darauf reagieren sollte, blieb Caro still.

„Aber er sagt, dass es dennoch schützenswert ist."

„Das bedeutet?" Am liebsten hätte sie hinzugefügt, dass er sich nicht alles aus der Nase ziehen lassen sollte, aber andererseits war sie dankbar, dass Juan alles regelte, und war damit bislang auch nicht schlecht gefahren.

„Beide waren sich einig, dass es zu gefährlich wäre, dieses Kunstwerk in einem Zimmer zu wissen, wo Gäste damit allein sind."

„Damit allein sind?"

„Du weißt doch, wie die Leute sind. Ob absichtlich oder nicht, da ist schnell ein Schaden entstanden, selbst falls du eine Art Kaution einführen würdest."

Obwohl sie verstand, worauf er hinauswollte, verschwand ihre anfängliche Hoffnung augenblicklich hinter dichten Sorgenwolken. „Also kann ich dort kein Gästezimmer anbieten?"

„Das nicht, aber du könntest einen Veranstaltungsraum daraus machen. Wobei ein Hotelmitarbeiter die Gäste beaufsichtigen müsste, damit gewährleistet ist, dass das Mosaik unbeschädigt bleibt."

Caro schluckte. Juans Tonfall verriet, dass er es als Erfolg verbuchte, eine Einschätzung, die sie nicht teilen konnte. Gerade für den Anfang wollte sie mit wenig Personal auskommen und gleichzeitig möglichst viele Zimmer vermieten können. Und dieses hier sollte das Schmuckstück des Hotels werden, mit dem sie einen höheren Übernachtungspreis würde erzielen können.

„Und was für Veranstaltungen sollen das sein?" Obwohl sie sich um einen neutralen Tonfall bemühte, waren die Worte durchwirkt von der Enttäuschung, die sie empfand.

„Hey." Er strich ihr sanft über die Schulter. Die erste Berührung, seitdem er ihr durch den Kater geholfen hatte. Was an ihr lag. Sie war auf Abstand gegangen. Zu groß die Furcht, enttäuscht zu werden. Außerdem hatte sie sich eingeschärft, dass sie zunächst ihre Existenz sichern musste, bevor sie sich in amouröse Abenteuer stürzte. „Die Hauptsache ist, dass wir weiterarbeiten können. Natürlich ist mir klar, dass ein Zimmer wegfällt, aber ich bin mir sicher, dass du auch dafür eine neue Idee haben wirst." Er kratzte sich am Hinterkopf. „Meine Mutter sagt, dass sich die Dinge, die anfangs schlimm erscheinen, häufig als gut herausstellen, weil sich neue Möglichkeiten eröffnen."

„Und die Chinesen nutzen dasselbe Wort für Krise und Gelegenheit", erwiderte Caro barsch, rieb sich dann die Augen. „Sorry. Ich wollte dich nicht anfahren. Im Moment fällt es mir nur schwer, dem Ganzen etwas Positives abzugewinnen."

„Das verstehe ich, aber lass dich davon nicht beherrschen." Er legte den Kopf schief. „Du wirst zwar denken, dass ich das nur sage, um dich aufzumuntern, aber ich denke schon länger, dass dieser Ort mehr sein könnte als ein reines Hotel."

Die Frage, was er damit meinte, schluckte sie herunter und ließ die Worte auf sich wirken. „Vielleicht hast du recht", murmelte sie mehr zu sich selbst.

„Ich behaupte kühn, dass dem so ist." Juans Lächeln verursachte ein Ziehen in ihrer Magengegend und den Wunsch, ihn zu berühren. Doch es war die richtige Entscheidung, auf Abstand zu gehen. Das Hotel, ihr Traum und dessen Verwirklichungen hatten oberste Priorität.

10

„Ich vermisse dich, Schatz.“

„Ich dich auch.“

„Und du kommst wirklich zurecht? Alleine?“ Der Stimme ihrer Mutter war anzuhören, dass sie Mut schöpfen musste, um die Worte auszusprechen, da sie eine wütende Reaktion Caros befürchtete.

„Mach dir keine Sorgen.“ Zu ihrer eigenen Überraschung lösten die Worte in Caro keine Verärgerung aus. Ihr war in den letzten Tagen bewusst geworden, dass sie, allen Bekenntnissen zum Trotz, sich nicht vollkommen auf sich selbst verlassen hatte. Obwohl es ihr Traum gewesen war, den sie Daniel übergestülpt hatte, hatte sie den Fehler begangen, diesen von Daniels Unterstützung abhängig zu machen. Womöglich hat ihn das auch zum Abhauen veranlasst, fragte sie sich. Dass du ihn damit überfordert hast?

Erst durch die Gespräche mit Juan war ihr bewusst geworden, dass sie sich von keinem anderen abhängig machen sollte und musste. „Was hast du gesagt?“, fragte sie. In Gedanken hatte sie die Worte ihrer Mutter nicht mitbekommen.

„Ob es vorangeht mit dem Hotel?“

„Allerdings. Juan, der hier die Bauleitung macht, und sein Team leisten wirklich großartige Arbeit.“

„Und dieser Juan ...“ Ihre Mutter brach ab.

Was die Frage bezüglich des Alleine-Zurechtkommens nicht ausgelöst hatte, gelang diesem Halbsatz, denn Caro wusste, wie er fortzusetzen war: Ein neuer Mann in ihrem Leben behagte ihrer Mutter, so frisch nach Daniels Verschwinden, nicht wirklich, war für sie aber immer noch besser, als ihre Tochter vereinsamt kämpfend in einem fremden Land zu sehen. „Ist, wie ich schon sagte, der Bauleiter, der nach meinen Anweisungen die Umbauten vornimmt." Ihr Tonfall war scharf. „Im Übrigen hält der meine Ideen für bemerkenswert und vertraut darauf, dass ich bald ein gut laufendes Hotel betreiben werde." Sie wusste, dass ihre Mutter nun diesen Blick zeigen würde: Wie ein geprügelter Hund, während die Fingerspitzen ihrer freien Hand das Dekolleté berührten. Oft genug war sie Zeugin dieser Reaktion geworden, einzig dazu bestimmt, ihr aufzuzeigen, wie verantwortungslos Caro mit den Gefühlen ihrer Mutter umging.

„Also, so meinte ich das auch gar nicht."

Caro schloss die Augen und massierte ihre Schläfe. Nicht ausrasten!, mahnte sie sich. Wenn sie etwas noch weniger leiden konnte als das mangelnde Vertrauen ihrer Mutter in sie, war das, für dumm verkauft zu werden. Selbstverständlich hatte sie genau das gemeint. Aber was nutzte es, einen Streit vom Zaun zu brechen, der zu nichts führte?

„Gut, Mutter. Dann muss ich hier weitermachen." Caro wusste, dass diese Anrede sie rasend machen würde, und musste trotz der Kindlichkeit ihres Angriffs grinsen.

„Du hältst mich auf dem Laufenden?" Das klang flehender, als erwartet.

„So wie es meine Zeit erlaubt." Ihr Gewissen meldete sich mit einem Brennen in der Brust zu Wort und verlangte, dass sie etwas hinzufügte, um ihre Aussage zu entschärfen. Doch der Wut genährte Stolz verweigerte das und obsiegte.

Nach Gesprächsende saß sie noch einige Minuten da und betrachtete das Handy in ihrer Hand. War sie zu hart gewesen? Andererseits, wie sollte sich das Verhalten ihrer Mutter jemals ändern, wenn sie ihr keine Grenzen und das Übertreten dieser aufzeigte?

Es klopfte an der Tür zu ihrem Zimmer. „Ja?"

„Passt es gerade?" Juan steckte den Kopf durch den Türspalt.

„Klar." Sie erhob sich vom Bett und hoffte, er würde ihr die Verlegenheit nicht anmerken. Zum zweiten Mal seit jener Nacht waren sie wieder gemeinsam in diesem Raum, doch dieses Mal hing sie nicht von Übelkeit geplagt über einem Eimer.

„Hast du dir Gedanken zum Veranstaltungsraum gemacht?"

„Habe ich. Einen Augenblick." Dankbar, etwas tun zu können, blätterte sie durch die Papiere, die auf dem kleinen Tisch lagen, der ihr als provisorischer Schreibtisch diente. „Hier." Sie reichte Juan die Skizze.

„Das wird nicht kompliziert." Mit gerunzelter Stirn betrachtete er das Blatt. „Irgendwelche Wünsche, was die Elektrik anbelangt?"

„Gute Frage", entgegnete Caro.

„Wir machen das anders." Er ging zur Tür und bedeutete ihr, ihm zu folgen.

Sie betraten das Zimmer, zu dem Caro mittlerweile eine Hassliebe entwickelt hatte. Einerseits war das

Mosaik wunderbar, andererseits wog die Tatsache, daraus kein Hotelzimmer machen zu können, schwer.

„Okay." Juan stellte sich an die Wand, die gegenüber der Tür lag. „Komm mal zu mir, und lass das Ganze auf dich wirken."

Sie folgte der Aufforderung, ohne zu wissen, worauf er hinaus wollte.

„Was siehst du?"

„Einen Raum mit Mosaik", antwortete sie schulterzuckend.

„Klar. Aber was siehst du, wenn du dich vom Gedanken löst, dass das eine Suite werden sollte? Wenn du dir vorstellst, dass hier Menschen zusammenkommen, um etwas zu tun. Etwas zu schaffen."

Drauf und dran, ihm zu sagen, dass sie keine Esoterikerin oder Visionärin war, biss sie die Zähne zusammen. Juan glaubte an sie. An ihre Ideen, und sie hatte gerade erst ihre Mutter dafür gescholten, dass diese das nicht tat. Lass dich darauf ein, sagte sie sich.

Ihr Blick schweifte durch den Raum, und sie spürte nach, was das in ihr auslöste. Nein, sie war keine Esoterikerin, dennoch ließ sich nicht abstreiten, dass zwischen diesen Wänden eine Energie herrschte. „Kreativität", sagte sie, einem Impuls folgend.

Juan nickte. „Sehr gut. Was noch?"

„Gemeinschaft. Gemeinschaftliche Kreativität." Sie trat in die Mitte des Raumes und drehte sich um die eigene Achse. „Eine Art Künstlerwerkstatt."

„Super!" Juan klatschte in die Hände. „Das Künstlerhotel Caro. Das ist doch mal eine außergewöhnliche und großartige Idee."

„Meinst du?"

„Die Insel hat viele Künstler inspiriert und ist bekannt für ihr besonderes Licht. Fotografen, aber auch Maler kommen hierher, um das zu nutzen."

„Meinst du, dafür gibt es einen Markt?"

„Finde es doch heraus. Ein Alleinstellungsmerkmal hast du auf jeden Fall."

„Und wer soll das beaufsichtigen? Ich liebe Kunst, bin aber keine Künstlerin."

„Ich bin mir sicher, dass sich jemand finden wird. Gerne höre ich mich mal um."

Sie sah sich im Raum um und konnte vor ihrem geistigen Auge Malende, die vor Leinwänden saßen, sehen. War das wirklich eine Vision? Oder verstieg sie sich in etwas Schwachsinniges?

Ihrem Gesicht waren die Gedanken wohl anzusehen, denn Juan, der sie prüfend betrachtete, legte den Kopf schief. „Das Schöne ist doch, dass du dich nicht festlegen musst auf diese Idee. Sollte es mit den Künstlern nicht klappen, nutzt du den Raum für etwas anderes."

„Klar, aber ..." Sie lächelte verlegen. „Nachdem ich eben erst alle Esoterik so energisch von mir gewiesen habe, fällt es mir schwer, das zu sagen."

„Ich verrate es niemanden." Juan lächelte ebenfalls, und Caro wurde heiß.

„Ich würde behaupten, dass dieser Raum genau das braucht."

„Soll ich dir etwas verraten?"

Caro nickte.

„Das sehe ich ganz genauso." Er deutete auf das Mosaik. „Warum sonst wurde hier so etwas geschaffen?"

„Künstlerhotel Caro. Hört sich gut an", sagte Caro.

„Darauf sollten wir eigentlich anstoßen."

Sie strich sich eine Haarsträhne hinter das Ohr. „Ein anderes mal gerne.“

Wortlos sahen sie einander an. Wissend, dass es eine Lüge war. Zu viel war passiert und stand unausgesprochen zwischen ihnen, als dass ein zwangloses privates Treffen möglich gewesen wäre. Obwohl sie wusste, dass es an ihr war, den Ball aufzunehmen und Juan zuzuwerfen und dieser Moment ein guter war, um dies zu tun, war die Kluft, die sie dafür hätte überspringen müssen, zu tief und breit.

„Dann kümmere ich mich mal darum, dass es hier weitergeht.“ Die Enttäuschung war Juan anzuhören. Oder bildete sie sich das nur ein?

„Ich bin gespannt“, sagte Caro. Kurze Zeit später hatte Juan das Zimmer verlassen, und sie war allein. „Ich bin wirklich gespannt“, wiederholte sie, wobei ihr klar war, dass sich ihre Aussage nicht auf die Fertigstellung des Raumes bezog.

Sie sich eine Haarsträhne hinter das Ohr. Ein anderes mal gerne.

11

Felipe Duarte Martinez durchquerte ein weiteres Mal den Raum. Blieb einen Moment in der Ecke stehen, machte auf dem Absatz kehrt und sah Caro mit einem Blick an, den sie nicht deuten konnte: Irritation? Entrückung? Mit der Baskenmütze auf dem Kopf und einem knallroten Seidenschal, den er kunstvoll um den Hals drapiert hatte, stellte Felipe den Stereotypen eines Künstlers dar, was sich ebenso in seinem Verhalten widerspiegelte.

Seine Gesten und Mimik waren voller Theatralik, während er mit Worten sparsam umging. Dies lag nicht daran, dass Caro und er sich nicht hätten verständigen können. Felipe hatte viele Jahre in Deutschland gelebt, dort sogar an einer Kunstschule unterrichtet, bevor er nicht in seine ursprüngliche Heimat Nordspanien zurückkehrte, sondern nach Mallorca auswanderte.

„*Esta perfecto!*" Felipe klatschte in die Hände.

„*Sí?* Es gefällt dir?"

„*Claro.* Das Licht und natürlich dieser Schatz in der Mitte." Die Art, wie er auf das Mosaik deutete, offenbarte die Ehrfurcht, die er empfand.

Das gefiel Caro, denn jemand, der so fühlte, würde darauf achten, dass es geschützt wurde. Und so anders Felipe sich auch verhielt, er war ihr auf Anhieb sympathisch gewesen. Sie hatte nichts gegen schillernde

Persönlichkeiten, sofern sie authentisch waren. Bei Felipe hatte sie keinen Zweifel daran.

„Dieser Teil des Zimmers verdient auch ein besonderes Augenmerk. Das Mosaik ist denkmalgeschützt und darf keinesfalls beschädigt werden."

„Keine Sorge. Ich würde nur Kurse für Malerei und Zeichnen anbieten. Keine Bildhauerei."

Caro musste grinsen. „Hört sich gut an. Ich habe mir überlegt, dass wir die Teilnehmergebühr fifty-fifty teilen." Der letzte Satz kam ihr schwer über die Lippen. Sie hatte weniger Anteil fordern wollen, aber Juan hatte sie darin bestärkt, dass sie damit in die Verhandlungen einsteigen sollte. Dennoch fühlte sie sich schuldig, als habe sie etwas Ungebührliches verlangt.

Zu ihrer Überraschung nickte Felipe. „*Bueno*", sagte er und streckte ihr die Hand entgegen.

„Dann sind wir uns einig?", fragte Caro, während sie die Hand des Künstlers schüttelte. Irgendwie konnte sie es nicht glauben.

„*Sí.*"

„Super. Dann mache ich die Papiere fertig und melde mich bei dir?"

„Gerne."

Sie begleitete Felipe zur Tür und konnte immer noch nicht fassen, dass das Gespräch so reibungslos abgelaufen war.

Juan beaufsichtigte die Bauarbeiten, die mittlerweile das obere Stockwerk erreicht hatten. „Und? Wie lief's?"

„Sehr gut. Er war mit allem einverstanden."

„Super. Felipe ist eigen, aber ehrlich."

„Ehrlichkeit ist das Wichtigste. Jeder soll leben, wie er möchte."

„Absolut richtig. Und ich bin mir sicher, dass Felipe gut hier reinpasst."

Die entstehende Pause ließ das Unausgesprochene zwischen ihnen hervortreten, und Caro wusste, dass es an ihr war, die Angelegenheit zu klären.

„Das glaube ich ebenfalls", sagte sie, um das Schweigen zu brechen, und beobachtete einen flüchtigen Eindruck, der über Juans Gesicht huschte. Enttäuschung?

„Dann arbeiten wir mal weiter. Schließlich wollen wir ja bald fertig sein."

Ob er den letzten Satz als Frage meinte, überlegte Caro. Was sollte sie sagen? Worte schwirrten durch ihren Kopf, ohne dass sie eines davon greifen konnte. „Okay", sagte sie schließlich und ärgerte sich im gleichen Augenblick darüber.

Juan nickte. „Okay."

Sie wandte sich ab und stieg die Treppe hinunter. Die letzten Worte lagen wie Steine in ihrem Magen. Als hätte sie sich von Juan verabschiedet, und das traf auf eine gewisse Art zu. Wenn es die Chance auf eine Annäherung für sie gegeben hatte, war diese Tür durch ihr Verhalten bereits bis auf einen Spalt geschlossen worden, mit der letzten Unterhaltung hatte sie diese Juan vor der Nase zugeschlagen.

In ihrem Zimmer hoffte sie, durch Aufsetzen des Vertrages mit Felipe, Ablenkung zu finden. Doch ihre Gedanken schweiften immer wieder ab. Es ist die richtige Entscheidung. Du musst hier zunächst Fuß fassen, bevor du den Kopf für eine neue Beziehung frei hast. Leider wollte ihr Herz diese zutreffenden Aussagen ihres Verstandes nicht akzeptieren.

Als ihr Handy klingelte und sie auf dem Display sah, dass es der Reiseveranstalter Nockemann war, nahm sie das Gespräch dankbar entgegen. Hoffentlich gab es gute Nachrichten.

„Sie wollen sicherlich wissen, wie weit wir sind?", fragte Caro.

„Da bei uns bereits Buchungen eingegangen sind."

„In zwei Wochen ist alles fertig."

„Sehr schön. Dann werden Sie auch schon die ersten Gäste haben."

„Tatsächlich? Wow, das ist super."

„Nur eine Sache noch, Frau Wegener. Um ein neues Hotel zu etablieren braucht es natürlich Zeit und auch geeignete Maßnahmen."

„Und die wären?" Die Steine, die seit dem Gespräch mit Juan in ihrem Magen lagen, wuchsen zu Felsbrocken heran.

„Wir mussten etwas vom besprochenen Preisrahmen abweichen, um das Angebot für Kunden lukrativ zu machen."

Ihr Mund fühlte sich taub an. „Was bedeutet das?"

„Wir haben den Preis um dreißig Prozent reduziert."

„Dreißig Prozent?"

„Das ist als Werbemaßnahme völlig normal und im Rahmen."

„Und was ist mit Ihren Gebühren?" Sie ahnte, worauf das hinauslief, doch noch bestand ein wenig Hoffnung.

„Frau Wegener. Wie ich bereits ausführte. Es bedeutet viel Arbeit, ein neues Haus am Markt zu platzieren."

„Ich verstehe nicht, was Sie mir sagen wollen?" Das war eine Lüge, denn sie wusste genau, was Herr Mars ihr sagen wollte.

„Bezüglich unserer Gebühren können wir Ihnen leider nicht entgegenkommen."

Sie schluckte. „Das bedeutet, dass die dreißig Prozent Rabatt auf meine Kosten gehen?"

„Paragraph fünf, Absatz drei des von beiden Parteien unterzeichnete Vertrages."

„Aber ..." Mehr brachte sie nicht heraus. Sie befand sich im freien Fall, während sie überschlug, ob sie bei einem derart niedrigen Preis überhaupt ihre Kosten würde decken können.

„Ich bin mir sicher, dass wir zum ursprünglichen Betrag zurückkehren können, wenn Sie sich einmal etabliert haben."

„Und wann ist das?"

„Das ist von Fall zu Fall unterschiedlich – meist sind es einige Wochen."

„Einige Wochen?" Caro riss die Augen auf. Das konnte unmöglich sein Ernst sein.

„Hören Sie, Frau Wegener."

Sie biss die Zähne zusammen. Zu gerne hätte sie den Kerl angebrüllt, dass er sie nicht immer so anreden solle, wie er es wahrscheinlich in einem Seminar zu Kundenbindung gelernt hatte. Doch statt Vertrauen zu wecken, wirkte die Nennung ihres Namens durch ihn wie ein Peitschenschlag, der das nächste Unheil ankündigte.

„Jeder Fall ist individuell. Es ist schwer, auf dieser Basis eine Prognose zu erstellen." Mars klang genervt, und obwohl Caro ihn nicht persönlich kannte, den Vertrag hatte sie mit einem anderen Mitarbeiter ausgehandelt, sah sie ihn vor sich, wie er die Augen verdrehte.

„Aber ich weiß nicht, ob ich bei diesem Preisnachlass meine Kosten decken kann."

„Das hätten Sie sich vor Vertragsunterzeichnung überlegen müssen." Ein entnervtes Seufzen folgte. „Ich schicke Ihnen die Daten der eingegangenen Buchungen per Mail und wünsche einen schönen Tag."

Bevor sie etwas entgegnen konnte, hatte Mars aufgelegt. Entgeistert starrte sie auf das Handydisplay, war entsetzt, welchen Verlauf das Gespräch genommen hatte, und wie sie so dumm hatte sein können, solch einen Knebelvertrag zu unterschreiben. Warum hast du dich nicht rechtlich beraten lassen, fragte sie sich und kannte die Antwort. Daniel hatte ihr davon abgeraten, dafür Geld zu investieren. Doch es erschien zu leicht, die Schuld auf ihn zu schieben, so gerne sie es wollte. Es waren ihre Entscheidungen, nicht Daniels, und dafür musste sie geradestehen.

12

„Das kann nicht wahr sein", murmelte Caro. Zum dritten Mal hatte sie die Zahlen durchgerechnet und erhielt jedes Mal dasselbe Ergebnis: Die zu erwartenden Einnahmen durch die von Nockemann getätigten Buchungen deckten kaum die Ausgaben. Sie konnte damit zwar den Betrieb eben so über Wasser halten, für sie blieb dann jedoch nichts übrig. Wovon sollte sie leben? Zumal sie rund um die Uhr im Hotel sein musste.

Ob du für die veranschlagten Gehälter Personal bekommst, weißt du ebenfalls nicht! Der Gedanke ließ sie zusammenfahren. Nicht nur, da er zutraf, sondern weil ihr bewusst wurde, dass sie sich bei der Vielzahl der Aufgaben noch nicht darum gekümmert hatte. Es ist einfach zu viel!, dachte sie, was zwar stimmte, ihr jedoch nicht weiterhalf, denn wie sollte sie ohne Mitarbeiter den Betrieb aufnehmen?

Kribbelnd fuhr ihr die Unruhe in die Glieder und ließ sie im Zimmer auf und ab gehen. Doch so sehr sie sich auch mühte, sie ließ nicht ab von ihr. Flutete ihren Kopf mit angstvollen Gedanken, wie sie von wütenden Gästen bestürmt wurde, während die Villa im Chaos versank.

Tief durchatmen und auf das Wesentliche konzentrieren, sagte sie sich, jedoch ohne Erfolg. Denn – was war das Wesentliche? Angesichts der Vielzahl an Aufgaben hatte sie schlicht den Überblick verloren.

Abrupt blieb sie stehen, rang nach Atem. Eine Panikattacke? Davon hatte sie gehört, aber noch nie selbst darunter gelitten. Einfach weiteratmen! Doch es gelang nicht. Stattdessen flackerten schwarze Flecken vor ihren Augen. Der Raum begann sich zu drehen.

„Caro? Alles in Ordnung?" Juans Stimme drang aus der Ferne an ihr Ohr, während die Welt sich weiter verfinsterte. „Komm! Ich lege dich aufs Bett."

Sie spürte Hände, die sie an den Schultern packten, dann die Matratze unter sich. Dankbar schloss sie die Augen.

„Ich hebe deine Beine hoch."

Wenige Minuten später schlug sie die Augen auf und sah in Juans geschocktes Gesicht. „Sorry", flüsterte sie.

„Du musst dich nicht entschuldigen. Gut, dass ich gerade zu dir wollte. Was ist denn passiert?"

„War wohl der Kreislauf. Ich habe heute noch nichts gegessen."

Er presste die Lippen zusammen. „Warum nicht?"

„Morgens bekomme ich häufig nichts runter."

„Dann musst du dich zwingen." Er schüttelte den Kopf. „Tut mir leid. Das hörte sich hart an, aber du hast mir einen Riesenschrecken eingejagt."

„Stimmt schon, was du sagst. Aber im Moment ist so viel zu tun, dass ich es einfach vergessen habe." Sie setzte sich auf und berührte seine Hand. „Danke."

„Nicht dafür." Er betrachtete sie prüfend, als überlege er, sie ein weiteres Mal zu maßregeln, doch dann stand er vom Bett auf. An der Zimmertür, die Hand auf der

Klinke, drehte er sich zu ihr um. „Wir sind übrigens oben so gut wie fertig."

„Tatsächlich?" Die gute Nachricht drängte die schlechten in den Hintergrund. Caro lächelte sogar.

„Womöglich sind wir sogar eine Woche früher fertig als geplant."

„Wow!" Sie schwang die Beine aus dem Bett.

„Warte lieber noch einen Augenblick."

„Das hättest du dir überlegen sollen, bevor du mir diese tollen Neuigkeiten erzählt hast."

Juan grinste ebenfalls. „Na gut. Aber versprich mir, sofort Bescheid zu sagen, wenn dir wieder komisch wird."

„Versprochen." Sie stand auf und ging zu ihm.

„Moment!" Er hob die Hand, während die andere in seine Hemdtasche griff, um einen Müsliriegel daraus zu bergen. „Und den isst du jetzt."

„Aber dann hast du ..."

„Keine Widerworte, oder ich sperre dich hier ein." Er lächelte weiterhin, dennoch war sie sicher, dass er es ernst meinte.

War das jetzt fürsorglich und verantwortungsbewusst von ihm, oder verhielt er sich eher dominant? Und warum sprach sie das an, obwohl sie nicht in der Lage war, diese Frage zu beantworten? Daniel hatte zwar stets so getan, als gebe er den Ton an, sich aber in den entscheidenden Momenten zurückgezogen und ihr die unbequemen Angelegenheiten überlassen. Juan war da völlig anders, was ihr gefiel.

Sie griff nach dem Riegel und wollte schon an Juan vorbeigehen, als der den Kopf schüttelte. „Echt jetzt?"

„Echt jetzt!"

Schmollend riss sie die Packung auf und nahm einen Bissen von dem Riegel. Wobei die zur Schau gestellte Mimik nicht wiedergab, wie sie sich fühlte. Dass es jemanden gab, an den sie sich anlehnen konnte. Der sie wirklich unterstützte und nicht nur vorgab, das zu tun. Oder ging das hier bereits zu weit? „Zufrieden?", fragte sie kauend.

„Du hältst mich wahrscheinlich für einen Kontrollfreak."

„Bist du einer?"

„Ich sorge mich nur um die Menschen, die mir am Herzen liegen."

„Und ich liege dir am Herzen?" Caro schluckte.

„Keine Sorge, ich mache dir keinen Antrag." Juan lachte auf, doch es hörte sich gekränkt an. „Wollen wir dann?"

„Okay." Caro folgte ihm. Als sie das Obergeschoss erreichten, verflüchtigte sich die Last, die sich auf sie gelegt hatte, angesichts des Eindrucks, Juan gekränkt zu haben. Mit geweiteten Augen sah sie sich um. „Das ist unglaublich!"

„Es gefällt dir also?" Juan schien seine Enttäuschung ebenfalls im Erdgeschoss gelassen zu haben und zeigte sich aufrichtig über Caros Reaktion erfreut.

„Absolut! Es ist großartig." Sie durchschritt den großzügigen Raum, als schickte sie sich an, zu tanzen. Was sie am liebsten auch getan hätte. Hier ist es!, dachte sie. Ihr Traum wurde nach und nach zur Wirklichkeit. Es war richtig, daran festzuhalten und sich auch durch Widrigkeiten nicht davon abbringen zu lassen.

„Das Beste hast du noch nicht gesehen." Juan trat an die Glasfront, die den Blick auf die Bucht freigab, und öffnete die darin eingefasste, gläserne Tür. „Du musst nur die Verriegelung lösen. Oben. Und unten." Er ging in die Knie und schob einen Hebel, der in den Rahmen eingelassen war, nach oben. „Und schon lässt es sich öffnen." Auf seinen Druck hin schoben sich die Glaselemente wie eine Ziehharmonika zusammen.

„Das ist der Wahnsinn!" Caro klatschte vor Verzückung in die Hände.

Im Handumdrehen war aus dem Raum eine teilüberdachte Terrasse geworden, die zudem über einen spektakulären Ausblick verfügte.

„Wenn das keine Gäste anlockt, weiß ich es auch nicht. Du könntest sogar darüber nachdenken, deinen Künstlern den Bereich zur Verfügung zu stellen, bei dem Motiv." Er deutete in Richtung Bucht. „Oder du verwirklichst die Restaurantidee. Die Möglichkeiten sind vielfältig."

„Danke!" Caro folgte ihrem Impuls und fiel Juan um den Hals. Augenblicklich flammte Hitze in ihr auf.

„Ich habe nur meine Arbeit gemacht." Sein nüchterner Tonfall passte zur Anspannung, die sie verspürte und dafür sorgte, dass sie sich zügig von ihm löste.

„Dennoch. Ohne dich wäre das nicht möglich gewesen." Sie trat von einem Bein auf das andere.

„Wie ich schon sagte." Er räusperte sich. „Aber ich freue mich, dass es dir so gut gefällt." Juan warf einen Blick auf seine Uhr. „Jetzt sollte ich aber wieder nach den Arbeitern schauen. Soll ich zumachen?" Er deutete auf die zusammengeschobenen Glaselemente.

„Nein! Ich bleibe noch hier und werde es später schließen."

Den Ausdruck in seinen Augen konnte sie nicht deuten. Handelte es sich erneut um Enttäuschung? Wog nicht ohnehin schwerer, dass sie frustriert war, wie sich die Angelegenheit mit ihr und ihm entwickelte?

Juan ging, und Caro blieb mit dem quälenden Gefühl zurück, einen Fehler begangen zu haben.

13

Julia Cruz war eine resolute kleine Frau, die ständig ein Lächeln auf den Lippen trug und Caro auf Anhieb sympathisch war. *„Esta bien?"*, fragte sie die schwarzhaarige Mallorquinerin und hoffte, dass sie sich mit ihrem rudimentären Spanisch ausreichend verständlich machen konnte.

„Si. Esta bien." Julia nickte eifrig, und Caro atmete auf.

Zumindest hatte sie nun jemanden für die Reinigung der Zimmer. Das bedeutete immer noch unzählige Aufgaben für sie, aber auch einen Schritt in die richtige Richtung.

Sie vereinbarte mit Julia, dass sie bereits morgen zur Probereinigung vorbeikommen würde. Die Bauarbeiten lagen in den letzten Zügen, und es war zwingend notwendig, dass die Zimmer von Staub und Dreck befreit wurden.

Eine Mischung aus Aufregung und Angst ließ Caros Magen rumoren. Immer noch fehlte Verstärkung in der Küche und im Service. Unmöglich, dass sie das allein schaffen würde.

Auf ihr Inserat im Mallorca Magazin hatte sich bislang niemand gemeldet, was ihr schwer im Magen lag. Sich in diesem Punkt an Juan zu wenden, widerstrebte ihr, nicht einzig ihrer verkorksten Annäherung geschuldet. Wenn sie hier bestehen wollte, musste sie ihre Angelegenheiten selbst auf die Reihe bekommen.

Der Umbau der Villa war so gut wie beendet, nur wenige, letzte Arbeiten mussten noch vorgenommen werden. Heute war sie allein im Haus und stellte zu ihrer Beruhigung fest, dass sie nicht, wie befürchtet, die Einsamkeit anfiel, sondern dass es ihr nichts ausmachte, für sich zu sein. Sie ging in ihr Zimmer, das sie irgendwann würde räumen müssen, wenn der Betrieb vollumfänglich startete.

Sie hoffte, dann ein Apartment kaufen zu können, am liebsten ebenfalls in erster Linie mit Meerblick, doch derzeit ließen das weder ihre Finanzen noch Kreditwürdigkeit zu.

Einem Impuls folgend griff sie nach dem Autoschlüssel. Ja, es ist eine gute Idee, etwas rauszukommen, dachte sie, und im gleichen Augenblick manifestierte sich ein Bild vor ihrem geistigen Auge, das einer Erinnerung entsprang: Ziegelgedeckte Dächer, auf natursteinernen Häusern, die sich in die Berge schmiegten. Valldemossa. Sie liebte das Bergdorf im Tramuntanagebirge, in dem Komponist Frederic Chopin im neunzehnten Jahrhundert für einige Monate gelebt hatte. Obwohl das Dörfchen damit warb und sich dies auch in Caros Kopf verankert hatte, bedurfte es nicht dieser historischen Begebenheit, um dem Zauber des Ortes zu erliegen.

Federnden Schrittes ging sie zum Auto und freute sich bereits darauf, durch die engen Gassen zu spazieren. Als sie auf die Autobahn in Richtung Palma fuhr, lief „Titanium" von David Guetta im Radio, einer ihrer Lieblingssongs, den sie nach Aufdrehen der Lautstärke mitsang. Sia, die die Zeilen ins Mikrofon schmetterte, hatte recht: Sie würde nicht aufgeben, egal, wie viele Kugeln auf sie abgeschossen und welche Hindernisse ihr in den Weg gelegt wurden.

Sie passierte eine Mandelplantage, deren Bäume in weißer Blüte standen und die mit dem blauen Himmel darüber wirkten, als habe ein unerfahrener Maler die Wolkenverzierung zu niedrig platziert. Mallorca war ein Meer- und Strandparadies, mit landschaftlicher Diversität und stetem Wandel, das im Takt der Jahreszeiten schlug, und in dem die Natur nicht müde wurde, ihre unterschiedlichen Gesichter zu präsentieren. Auch dieser Wechsel hatte sie für sich eingenommen und dafür gesorgt, dass sie sich in die Insel verliebt hatte.

Die Straße schlängelte sich in Serpentinen in die Höhe, je näher sie kam. Auf den letzten Metern bot sich ihr das Dörfchen postkartentauglich dar, verströmte Idylle und pittoreske Schönheit, mit den in lockerer Eintracht vor die Bergkämme geworfenen Gebäuden, vor dem Blau des Horizonts. Aufregung breitete sich prickelnd in ihr aus, obwohl sie nicht das erste Mal hier war. Doch es war einer dieser Momente, in dem ihr bewusst wurde, dass sie nun nicht mehr als Touristin die schönen Plätze der Insel besuchte, sondern als Bewohnerin. Ein unwirkliches Gefühl, von dem sie sich wünschte, dass es in ihr wurzelte und sie mit der Zeit an ihre neue Heimat band.

Im ausgehenden Winter war es nicht schwierig, im Ort einen Parkplatz zu finden, was zur Hauptsaison zum unmöglichen Unterfangen auswuchs. Dennoch lenkte sie ihr Auto auf einen der Plätze außerhalb, die neben der Straße lagen, denn sie liebte es, den Weg bis in das Dorf zu Fuß zurückzulegen.

Augenblicklich legte sich die friedvolle Atmosphäre Valldemossas, die lediglich der Ansturm der Touristen zur Hauptsaison zu ersticken wusste, wie ein seidiger Schleier über sie. Ihr Kopf ließ sich auf das ziellose Umherstreifen ein und entledigte sich der Gedanken, die sie sonst umtrieben. Es waren vor allem Bedenken, die in den letzten Tagen zugenommen hatten, als labten sie sich an der Angst, die sie schürten. Im Moment aber verweilte sie hier. Mental und physisch im Hier und Jetzt.

Eine der schmalen Gassen, die sie entlangschlenderte, mündete in einen terrassenartig angelegten Platz, um den sich Restaurants gruppierten, von denen außerhalb der Saison nur eines geöffnet hatte. Die milde Witterung ließ Caro einen Platz an einem Tisch im Außenbereich einnehmen.

Sie hielt das Gesicht in die wärmenden Sonnenstrahlen und schloss die Augen. *„Hola señora. Qué va a tomar?“*, ertönte es wenige Minuten später neben ihr.

Blinzelnd wandte sie den Kopf und sah in das freundliche Gesicht der dunkelhaarigen Bedienung, um wieder einmal festzustellen, dass die mallorquinischen Männer eine starke Anziehung auf sie ausübten. Oder war das ihrer Stimmung geschuldet?

„Hola“, antwortete sie und bestellte dann einen Cappuccino. Stolz darauf, den attraktiven *Camarero*, wie die Kellner auf Spanisch bezeichnet wurden, nicht nur verstanden zu haben, sondern sogar sprachlich korrekt bestellen zu können.

Sie ließ ihren Blick über den Platz schweifen und erfreute sich an den Bäumen mit ihren kräftigen Stämmen und weit ausladenden, saftig-grünen Kronen, mit denen er gespickt war. Verbunden mit dem Beige der Steine entstand eine Farbkomposition, die wie kaum eine andere Frühling vermittelte.

„Entschuldigung. Sprechen Sie Deutsch?"

Dass die Stimme sie aus ihren Beobachtungen und deren bewusstem Erleben riss, störte Caro. Nachdem sie den Ursprung am Nachbartisch ausgemacht hatte, versöhnte der Anblick sie ein wenig. Der Herr, der sie anstrahlte, wodurch sich Lachfältchen neben seinen tiefblauen Augen zeigten, trug die Alltagsbräune eines Menschen, der schon länger auf der Insel weilte.

„Ja." Caro bemühte sich um einen freundlichen Tonfall, ohne auf das Lächeln einzusteigen. Zweifelte sie doch daran, dass ein derartiger Gesprächsauftakt etwas Gutes vermuten ließ.

„Es tut mir leid, Sie einfach so anzuquatschen. Ist normalerweise nicht meine Art." Das fortbestehende breite Grinsen, gepaart mit dem unbekümmerten Blick, stand dazu im Widerspruch.

„Aha", machte Caro. Was sollte man auch darauf sagen?

„Du meine Güte. Jetzt halten Sie mich erst recht für einen Irren, oder?" Sein Lachen war erfrischend und ehrlich, so dass sie nicht anders konnte, als einzustimmen. „Es ist nur, Sie waren mir auf Anhieb sympathisch, und da dachte ich ..." Er winkte ab. „Es tut mir leid. Bitte beachten Sie mich gar nicht weiter, ich lasse Sie ab jetzt in Ruhe."

Obwohl auch das eine Masche sein konnte, tat Caro der Kerl leid. Zudem musste sie zugeben, dass es ihr die tiefblauen Augen angetan hatten. Ebenso das strahlende Lächeln und die Selbstsicherheit, die der Mann ausstrahlte. „Fragen Sie ruhig."

„Was meinen Sie?"

Nun musste Caro kichern, es gefiel ihr, ihn aus dem Konzept gebracht zu haben. „Irgendetwas wollten Sie mich doch fragen, sonst hätten Sie mich nicht angesprochen." Sie legte den Kopf schief. „Nur zu."

„Sie haben mich durchschaut." Er verzog den Mund zu einem nun unsicheren Grinsen, das aufgesetzt wirkte. „Ich habe noch nicht viele Menschen auf der Insel kennengelernt, seit ich vor sechs Monaten übergesiedelt bin."

„An der Kommunikationsbereitschaft liegt es sicherlich nicht."

„Schlagfertig sind Sie. Das gefällt mir." Er nickte anerkennend. „Ihnen fällt es mit Sicherheit leichter, Leute kennenzulernen."

„Schwer zu beurteilen. Seit ich hier bin, habe ich nur gearbeitet."

„Darf ich fragen, was Sie machen?"

Caro stockte. Das war doch eine harmlose und nachvollziehbare Frage? Warum der Eindruck, auf der Hut sein zu müssen? Ein weiterer Blick in die tiefblauen Augen ließ ihre Vorbehalte dahinschmelzen. „Ich betreibe ein Hotel."

Seine Augen weiteten sich. „Das nenne ich mal einen tollen Job."

„Mein Traumjob." Sie lächelte und strich sich eine Haarsträhne hinter das Ohr. „Was machen Sie?"

„Ich bin IT-Fachmann und kam ursprünglich für einen Auftrag hierher. Als ich noch für eine deutsche Firma arbeitete." Er breitete die Arme aus. „Und hier bin ich. Habe entschieden, dass ich nicht wieder zurückkann. Ich liebe diese Insel, wissen Sie?"

„Allerdings." Kein Lippenbekenntnis, denn ihr ging es schließlich nicht anders. Wenn auch der Werdegang oder der Weg nach Mallorca in ihrem Falle ein völlig anderer war. „Und was machen Sie jetzt? Beruflich?"

„So dies und das. Momentan helfe ich hier in der Küche aus, habe aber gerade Pause."

„Vom IT-Fachmann zur Küchenhilfe?"

„Hört sich seltsam an, oder? Ich habe mir aber gesagt, dass ich genau das hinter mir lassen möchte. Dieses deutsche Denken. Einen Job deshalb auszuüben, weil damit ein Status verbunden ist. Ich möchte leben."

Ob es die Gelassenheit der Insel war, die mittlerweile auf sie überging? Oder immer noch seine Augen, gepaart mit der Körpersprache, die Gelassenheit vermittelten? Er faszinierte sie, das war nicht von der Hand zu weisen.

„Sie halten mich für einen seltsamen Kauz. Einen Hippie, der die falsche Insel erwischt hat."

„Die falsche Insel?"

„Zumindest früher war Ibiza doch die Hippie-Insel."

„Stimmt." Warum brichst du diese krude Unterhaltung nicht ab, fragte sie sich. Weil es sie interessierte, mehr über diesen Mann zu erfahren, dessen Lockerheit sie triggerte, ohne dass sie das näher hätte festmachen können.

„Ich heiße übrigens Benjamin."

„Caro."

„Freut mich Caro. Darf ich mich zu Ihnen setzen?"

„Warum nicht?" Sie zuckte zusammen, als ihr bewusst wurde, diese Frage laut gestellt zu haben.

Benjamin lachte. „Ich verspreche, Sie nicht aufzuhalten und auch nicht länger zu nerven, wenn Sie die Unterhaltung beenden möchten."

„Einverstanden."

Er setzte sich ihr gegenüber und stellte sein Wasserglas, das er von seinem Tisch mitgenommen hatte, vor sich ab. „Sind Sie mit Ihrer Familie hergezogen?"

„Du." Caro räusperte sich. „Sollen wir nicht Du sagen?"

„Gerne."

„Entspricht ebenfalls mehr der Atmosphäre der Insel."

„Absolut und ein weiterer Punkt, warum ich hier bleiben möchte." Er trank von seinem Wasser. „Die Deutschen mit ihrer steifen Art. Hat mich immer gestört, dass viele in unserem Heimatland zum Lachen in den Keller gehen, um dann zu Karneval auf Knopfdruck Spaß zu haben."

„Geht mir genauso." Augenblicklich fühlte sie sich Benjamin näher. „Exakt das hat mich immer gestört."

„Dann sollten wir anstoßen." Benjamin hob sein Glas. „Darauf, dass wir jetzt an einem Ort sind, an dem definitiv mehr Zufriedenheit herrscht."

„Gut gesagt." Caro erhob ihre Kaffeetasse und grinste. Als könnte er in meinen Kopf schauen, dachte sie. Oder lag es einfach daran, dass Menschen, die ähnlich empfanden, den Schritt von Deutschland nach Mallorca wagten?

„Aber du hast meine Frage noch nicht beantwortet."

Sie runzelte die Stirn. „Die habe ich ehrlich gesagt vergessen.“

„Kein Problem. Ich quatsche ja auch ohne Punkt und Komma.“

„Quatsch.“ Natürlich wusste sie, dass er genau das hören wollte, aber warum nicht? Schließlich bereitete die Unterhaltung ihr Spaß. Wer hätte das gedacht, nachdem sie am Anfang eher ein komisches Gefühl beschlichen hatte.

„Bist du mit Familie hergezogen?“ Benjamin legte die Hand auf die Herzgegend. „Ich will offen sein, meine Frage zielt selbstverständlich darauf ab, ob du Single bist oder nicht.“

Der ehrliche Laut seines herzerfrischenden Lachens umfing Caro wie eine Umarmung. Dennoch riet sie sich zur Vorsicht. Jemandem, den sie gerade erst getroffen hatte, sollte sie nicht die Geschichte von Daniels Nacht und Nebel Verschwinden auftischen. „Ich bin alleine, habe aber auch sehr viel zu tun. Da bleibt wenig Zeit für eine Beziehung.“

„Verständlich, als Unternehmerin.“ Benjamin kratzte sich im Nacken und starrte dabei auf sein Wasserglas.

Ob das zu hart war, fragte sich Caro. Dabei hatte ihre Aussage mindestens ebenso deutlich ihr selbst gegolten. Schien es doch schwer begreiflich, dass sie innerhalb kürzester Zeit nach Daniels Verschwinden bereits mit dem zweiten Mann flirtete. Oder überinterpretierte sie eine harmlose Unterhaltung?

„Und, wie ist es bei dir? Bist du alleine auf der Insel?“, fragte sie, um die Unterhaltung erneut in Gang zu bringen.

„Ich bin schon seit einigen Jahren Single. Mit wenigen, kurzen Unterbrechungen." Er starrte weiterhin auf sein Wasserglas. Die Leichtigkeit, die wenige Augenblicke zuvor noch die Worte hatte sprudeln lassen, war verflogen.

Wie sollte sie die Situation auflösen? Sich einfach zu verabschieden, erschien ihr zu plump, doch sie war unschlüssig, welche Frage sie stellen konnte, ohne dass die ebenfalls unpassend wirkte.

„Wenn du mal in Palmanova bist, kannst du dir das Hotel ja mal anschauen." Kaum hatte sie das ausgesprochen, wünschte sie, die Zeit um einen Moment zurückdrehen zu können, um sich daran zu hindern. Eine solche Einladung sollte nicht aus Verlegenheit ausgesprochen werden. Oder wollte sie ihn wirklich wiedersehen?

Benjamin sah sie an, und seine Gesichtszüge hellten sich auf. „Das mache ich sehr gerne. Wie heißt denn dein Hotel?"

„Villa Caro."

„Der Name ist Programm." Benjamin grinste wieder, und Caro verkniff sich die Nachfrage, wie er das meinte.

Sie warf einen Blick auf ihre Armbanduhr. „Es tut mir leid, aber ich sollte dann los. Wo ist denn die Bedienung?"

„Du bist eingeladen."

„Das geht doch nicht."

„Warum nicht? Dein Kaffee wird schon kein Vermögen kosten." Benjamin lachte, aber es klang nicht so natürlich wie beim letzten Mal.

„Okay. Dann ...danke."

„Nicht dafür."

Sie erhoben sich, standen dann unschlüssig voreinander, bis Caro die Hand ausstreckte. „Hat mich gefreut."

„Mich ebenfalls. Und entschuldige meine direkte Art. Mir ist bewusst, dass ich oftmals zu forsch bin."

„Alles gut. Sonst wären wir nicht ins Gespräch gekommen, was mir Spaß gemacht hat."

„Dann bin ich beruhigt."

Auf leisen Sohlen schlich sich die Leichtigkeit wieder an, und einen Augenblick überlegte Caro, sich doch wieder hinzusetzen und die Unterhaltung fortzuführen. Aber wie würde das aussehen? Zumal sie behauptet hatte, weg zu müssen.

Sie verabschiedeten sich voneinander, und Caros Weg führte sie durch die schmalen Gassen Valldemossas. Dieses Mal jedoch erreichten sie die äußeren Eindrücke kaum, zu sehr war sie damit beschäftigt, über das Erlebte nachzugrübeln. Weniger über Benjamin als Person, sondern darüber, was es ihr sagte, dass es sich gut angefühlt hatte, das Interesse eines Mannes auf sich zu ziehen.

War sie eine dieser Frauen, die nicht alleine sein konnten? Eine Frage, die sie normalerweise mit „nein" beantwortet hätte, denn sie hatte auch Jahre als Single verbracht. Vor Daniel, mit dem sie zwei Jahre zusammen gewesen war. Als du in Deutschland warst, belehrte sie ihre innere Stimme und sprach damit den Knackpunkt an, warum sich das nicht so ohne Weiteres beantworten ließ. Hier hatte sie weder ihre Mutter noch Freunde.

War sie damit überhaupt für das Alleinsein gewappnet?

14

„Unglaublich, was ihr geleistet habt." Caro sah von Juan zu Diego und wäre beiden am liebsten um den Hals gefallen. „Es ist so toll geworden. Besser, als ich es mir vorgestellt habe."

„Das freut mich." Juan deutete auf Diego. „Das freut uns. Womöglich haben wir sogar eine weitere Überraschung für dich."

„Tatsächlich?"

„Ich weiß nicht, wie es mit deinen Buchungen aussieht? Da wir eine Woche früher fertig sind, als erwartet?"

„Die ersten Gäste kommen erst in einer Woche."

„Oder womöglich früher." Juan kratzte sich am Hinterkopf. „Es sei denn, du möchtest das nicht?"

„Natürlich. Ich wäre froh, gleich starten zu können."

„Zumindest zwei Zimmer könntest du an Freunde von Diego vermieten, die auf dem Festland leben und ihn besuchen kommen möchten."

„Und die können das so spontan entscheiden?"

„Sie haben wohl ohnehin Urlaub, und als Diego von seiner Arbeit hier erzählt hat und von der Villa schwärmte, entstand die Idee."

„Super." Nicht nur, dass sie das Geld dringend brauchen konnte, Caro freute sich zudem über die Möglichkeit eines Testlaufes, denn vier Gäste hoffte sie auch mit Julias Hilfe versorgen zu können.

„Was ist los?", fragte Juan.

Sie verwarf den Gedanken, zu behaupten, dass nichts war, gleich wieder. Zu gut konnte Juan in ihrem Gesicht lesen. „Ich brauche noch jemand, der mich in der Küche unterstützt."

„Verstehe. Soll ich mich mal umhören?"

„Ich habe ein schlechtes Gewissen, dir schon wieder so eine Aufgabe aufs Auge zu drücken."

„Jetzt mach dich nicht verrückt. Ich spreche es einfach mal hier und da an und schaue, ob jemand Interesse hat."

„Damit würdest du mir einen großen Gefallen tun."

„Mache ich gerne."

Die entstehende Pause veranlasste Caro, ihren Ellenbogen zu umfassen und das Gewicht von einem Bein auf das andere zu verlagern. „Auf jeden Fall habt ihr tolle Arbeit geleistet, und ich werde mir etwas überlegen, um das zu würdigen."

„Wir haben nur unseren Job erledigt und wünschen dir von Herzen großen Erfolg für dein Vorhaben."

Ihre Kehle schnürte sich zu, und hilflos versuchte sie, dagegen an zu schlucken. Erst in diesem Moment wurde ihr bewusst, dass das Ende der Bauarbeiten zugleich den Abschied von Juan bedeutete. „Danke." Mehr als ein Flüstern ging ihr nicht über die Lippen.

„Ich schicke dir eine E-Mail mit den Namen von Diegos Freunden. Ist es okay, wenn sie bereits morgen anreisen?"

„Natürlich." Die Aussicht auf Beschäftigung vertrieb die Schwermut zumindest ein wenig.

„Wenige Kleinigkeiten müssen noch erledigt werden, nichts Wesentliches. Etwas nachstreichen, ausbessern kleinerer Macken, Dinge dieser Art. Da würde ich die Tage noch einmal vorbeikommen?", fragte Juan.

„Natürlich." Solltest du dich wirklich darüber freuen und nicht eher Bedenken haben?, vermieste die innere Stimme ihr sogleich die Fröhlichkeit, die sie erfasst hatte. Unrecht hatte die Stimme nicht. Sie musste unbedingt Ordnung in ihr chaotisches Gefühlsleben bringen. Herausfinden, warum sie nicht nur flirtwillig war, sondern zwei Männer innerhalb kürzester Zeit zu ihr vorgedrungen waren. Obwohl es ungerecht war, Juan und Benjamin auf eine Stufe zu stellen. „Es ist für mich keine Selbstverständlichkeit. Das, was du alles für mich getan hast", brachte sie ihre Gedanken zum Ausdruck.

„Wie ich schon sagte …"

„Aber ich möchte euch etwas Gutes tun. Ihr müsst mich lassen." Sie rang sich ein Lächeln ab.

„In Ordnung. Ich kenne dich mittlerweile gut genug, um zu wissen, dass ich dich ohnehin nicht davon abbringen kann."

„Ganz genau."

Caro begleitete die beiden Männer bis zur Tür, und als sie diese schloss, stürzte sich die Einsamkeit auf sie. War ja klar, dachte sie und verzog den Mund zu einem humorlosen Grinsen, um auf Erkundungstour durch ihre Villa zu gehen. Das ist deine Vision, die Wirklichkeit geworden ist, sagte sie sich und registrierte dankbar, dass Aufregung den Schleier lüftete, den der Abschied von Juan über sie gelegt hatte.

„Ich werde das schaffen“, sagte sie laut, während sie sich im Eingangsbereich mit der Rezeption um die eigene Achse drehte. Das dunkle Holz des Tresens wirkte vor den weißen Wänden und auf den Fliesen in heller Holzoptik besonders edel. Sie trat dahinter, betätigte einen Schalter und ging wieder zurück. Juan hatte das hölzerne Rechteck auf nicht sichtbare Füße setzen und darunter eine weiße LED-Beleuchtung anbringen lassen. Eingeschaltet wirkte es, als schwebe die Theke.

Es waren diese Details, die ihre Ideen noch verfeinert hatten. Wie bei einem guten Essen, aus dem ein begabter Koch durch den wohl gewählten Einsatz von Gewürzen das beste Geschmackserlebnis herauskitzelte, hatten Juans Einfälle dafür gesorgt, dass jeder Bereich der Villa etwas ganz Besonderes war.

Den Flur entlanggehend, machte sie in jedem der Zimmer Halt, führte sich jedes Mal vor Augen, dass Realität geworden war, was sie bis vor wenigen Wochen noch für unmöglich gehalten hatte. Im Seminarraum ging sie vor dem Mosaik am Boden in die Hocke. Auch hier hatte Juan für eine raffinierte Lösung gesorgt. Mit Genehmigung des Amtes für Denkmalschutz hatten sie den Boden um das Kunstwerk herum um einige Zentimeter abgetragen, so dass es nun erhöht, wie auf einer Stufe lag. Zwar würde es nicht zerstört werden, wenn jemand darüber lief, aber so war die Aussicht größer, dass ihm die Beachtung geschenkt würde, die es verdiente.

Obwohl sie es bereits unzählige Male betrachtet hatte, büßte das farbenfrohe Werk nicht an Faszination ein. Der Kontrast zwischen dem dunklen Blau des Wassers und dem Orange-Rot der Fische spiegelte für

Caro das goldene Licht der Sonne wider, die die meisten Tage des Jahres auf Mallorca vor einem blauen Himmel erstrahlte.

Felipe fiel ihr ein und dass sie mögliche Einnahmen durch seine Kurse in diesem Raum noch nicht bedacht hatte. Die Hoffnung, die ihr daraufhin unter die Arme griff, um sie emporzuheben, musste den Bedenken weichen, die ihr kurz darauf in den Kopf schossen: Er hat sich noch nicht bei dir gemeldet!

Zu gerne wollte sie Juans Urteil glauben, auf das sie sich bislang stets hatte verlassen können, doch bei dem vergeistigten Künstler fiel ihr das schwer. Mach dich frei von diesen deutschen Bedenken! Sie musste grinsen, denn diese Aufforderung war ihr neues Credo, um eingefahrene Denkmuster abzulegen. Die südländische Mentalität, die insbesondere in Deutschland meist mit fehlendem Verantwortungsgefühl gleichgesetzt wurde, bedeutete vielmehr, sich nicht zu sehr in Vorstellungen zu verbeißen und Angelegenheiten auch mal den zeitlichen Raum einzuräumen, den sie benötigten. Sicherlich einer der Gründe, warum man die Menschen auf der Insel meist fröhlich antraf, während in ihrem Heimatland eher das Gegenteil der Fall war.

Du wirst das schaffen, sagte sie sich und registrierte dankbar, dass die Affirmation tatsächlich dazu führte, dass Zuversicht und Aufbruchstimmung das Feuer ihres Traumes auflodern ließen.

15

„Und? Gefällt es euch?"

„Super! Du hast hier wirklich einen wunderbaren Platz geschaffen."

„Das kannst du deinem Freund Diego sagen." Natürlich freute sich Caro dennoch über das Lob Alejandros, einer von Diegos Freunden, der über solide Deutschkenntnisse verfügte. Die vier waren gestern Abend, einen Tag nach Fertigstellung der Bauarbeiten, angereist und erwiesen sich als gute Testkandidaten für Caro. Sie bestätigten ihre Vorahnung, dass es unmöglich war, ohne weitere Hilfe mehr Gäste zu betreuen, was erneut die Panik in ihr schürte.

Sie räumte die Teller vom Frühstück ab. Den Einwand ihrer ersten Hotelgäste, dass sie auch extern frühstücken konnten, hatte sie abgelehnt. Einerseits wollte sie sehen, wie sie sich in Küche und Service schlug, andererseits hielt sie es nicht für gerecht, dass gerade Diegos Freunde Abstriche hinnehmen mussten. Immerhin bezahlten sie ihr den vollen Preis und nicht wie Nockemann mit dreißig Prozent Abschlag.

Auf dem Weg in die Küche kam Julia auf sie zu, die eigentlich dabei war, die Zimmer herzurichten. „Da ist ein Mann, der dich sprechen möchte", sagte sie auf Spanisch.

„*Gracias*", antwortete Caro und folgte der Mallorquinerin, nachdem sie die Teller in der Küche abgestellt hatte, nach unten.

Mit einem breiten Grinsen erwartete sie dort Benjamin. Seine tiefblauen Augen fingen die ihren sogleich ein. Hat der beim letzten Mal schon so gut ausgesehen, fragte sie sich, als sie, ebenfalls grinsend, auf ihn zuging. „Das ist ja eine Überraschung."

„Tatsächlich?" Benjamin legte den Kopf schief. „Dabei hast du mich doch eingeladen." Er lachte.

„Mehr oder weniger." Caro grinste weiter.

„Soll ich gehen?"

„Jetzt mach keinen Blödsinn."

„Das sagst du dem Falschen."

Jetzt war es an Caro zu lachen. Die Art der Kommunikation gefiel ihr wieder einmal. Außerdem knüpften sie nahtlos an das Zusammentreffen in Valldemossa an. „Na, dann hoffe ich, du kannst dich zumindest für einen kurzen Rundgang zusammenreißen?"

„Ich werde mich bemühen."

„Dann warte kurz hier, ich muss vorher noch nach meinen Gästen schauen."

Diegos Freunde kamen ihr bereits auf der Treppe entgegen, versicherten ihr, dass das Frühstück geschmeckt habe und sie nichts Weiteres benötigten.

Somit konnte sich Caro ihrem Besucher widmen. Es erfüllte sie mit Stolz, Benjamin die Räume zu zeigen. Insbesondere, da er sich aufrichtig beeindruckt zeigte. „Das ist unglaublich, Caro. Mit so viel Liebe zum Detail hast du alles hergerichtet. Beeindruckend."

„Danke." Obwohl ein Fremder, war Benjamins Lob wohltuend. Ohnehin erschien ihr, dass er ein erstaunliches Gespür für sie und ihre Vorstellungen hatte und das nach einem einzigen kurzen Treffen.

„Wie viele Gäste kannst du beherbergen?"

„Ich habe sechs Zimmer à zwei Gäste, also zwölf. Plus hoffentlich Teilnehmer bei den Malereikursen."

„Malereikurse?"

„Dieses Zimmer ist etwas Besonderes." Mit diesen Worten stieß sie die Tür zum Seminarraum auf.

Benjamin stieß einen Pfiff aus, denn augenblicklich wurde sein Blick von dem Mosaik angezogen. „Das ist tatsächlich etwas Besonderes. Sag nicht, dass das von Gaudí ist?"

„Wow! Gut erkannt."

„Ist es?" Benjamin sah sie mit geweiteten Augen an.

„Nein. Der Sachverständige sagt, dass es nur eine ziemlich gute, an ihn angelehnte Arbeit ist. Dennoch aber schützenswert."

„Die Komposition der Farben. Wundervoll!" Mit kleinen Schritten umrundete er das Kunstwerk.

Wie er es betrachtete, berührte Caro. Er empfindet die gleiche Begeisterung wie ich, dachte sie und fragte sich im selben Augenblick, ob sie den anderen Menschen, die es gesehen hatten, Juan eingeschlossen, nicht Unrecht tat? Schließlich waren die ebenfalls beeindruckt gewesen. Doch Benjamins Reaktion erschien dennoch anders. Die Art, wie er es betrachtete, erschien von der gleichen Verbundenheit getränkt, die auch sie empfand.

„Ursprünglich sollte der Raum ebenfalls ein Gästezimmer werden, sogar so was wie eine Suite."

„Aber?"

Sie seufzte. „Versteh mich nicht falsch, ich liebe dieses Mosaik, aber ich bin auch dafür verantwortlich, dass es geschützt wird. Deshalb darf der Raum nur unter Aufsicht genutzt werden."

„Verstehe, deshalb die Malereikurse."

„Kompromisslösung. Ein Zimmer mehr zum Vermieten wäre mir allerdings lieber gewesen." Sie ließ den Blick durch den Raum schweifen. „Ich hätte den Raum gerne als Honeymoon-Suite vermietet, oder allgemein an Paare, die einen besonderen Urlaub verbringen wollen."

Benjamin nickte.

Bin ich ihm gegenüber zu offen, fragte sie sich. Es gehörte zu den Charaktereigenschaften, die bereits zu Schwierigkeiten geführt hatten, dass sie ihr Herz auf der Zunge trug.

„Und du schmeißt den Laden ganz alleine?", fragte Benjamin und durchbrach damit ihre Gedanken.

„Unfreiwillig. Julia macht die Zimmer. Aber der ganze Rest – ich brauche auf jeden Fall jemand, der mich in der Küche und im Service entlastet."

„Dann möchte ich mich gerne bewerben."

Caro starrte ihn entgeistert an. „Ist das ein Witz?"

„Ganz und gar nicht."

In seinem Gesicht suchte sie nach einem Hinweis, der ihr sagte, dass Benjamin doch einen Scherz machte. Doch der Blick aus seinen tiefblauen Augen wirkte ernst. „Ich dachte, du hilfst in dem Restaurant in Valldemossa aus."

Benjamin vergrub die Hände in den Hosentaschen. „Im Prinzip schon, aber das Geschäft dort hat deutliche saisonale Schwankungen. Das wurde mir von Anfang an mitgeteilt und ebenso, dass ich den Job dann schnell wieder los bin."

„Verstehe."

„Du denkst, dass ich das geplant habe, oder?" Er legte den Kopf schief.

„Nein", entgegnete sie, obwohl das Gegenteil zutraf.

„Könnte ich verstehen. Wirkt seltsam. Erst quatsche ich dich in Valldemossa an, und jetzt frage ich nach einem Job." Er rieb sich das Kinn. „Es ist eine Kombination, würde ich sagen. Ich finde dich attraktiv und interessant, deshalb habe ich dich angesprochen. Die Idee, dich nach einem Job zu fragen, kam mir eben erst. Versprochen." Er hob die Hand, als würde er einen Schwur ableisten.

Das brachte sie zum Lächeln. Würde jemand so offen die Dinge ansprechen, hätte er etwas zu verbergen? Und außerdem – sie suchte jemanden. „Du hast Erfahrung in der Küche?"

„Ich bin kein gelernter Koch, wie du weißt. Aber Kleinigkeiten, wie Eier zum Frühstück bekomme ich sicherlich hin. Außerdem bin ich lernfähig."

„Und Service traust du dir ebenfalls zu?"

„Dass ich kommunikativ bin, hast du bereits erlebt."

„Das ist aber nicht das einzige, was eine gute Servicekraft ausmacht."

Er tippte sich an die Stirn. „Der funktioniert gut, Bestellungen werde ich mir merken können und habe auch gerne mit Menschen zu tun."

„Davon konnte ich mich bereits überzeugen."

„Dass mein Hirn arbeitet?"

Caro grinste. „Rege ist es auf jeden Fall."

Benjamin lächelte ebenfalls. „Ich weiß nicht, ob ich das als Kompliment auffassen soll, aber vielleicht denkst du ja darüber nach? Ich würde dich gerne unterstützen und hänge mich bei der Arbeit richtig rein."

Wäre nicht ihr Verstand gewesen, der ihr riet, sich zumindest einen Tag mit der Entscheidung Zeit zu lassen, hätte sie ihm in diesem Augenblick bereits zugesagt. Schließlich standen die Bewerber nicht Schlange, und es wäre auch angenehm, einen Mitarbeiter zu haben, mit dem sie sich in ihrer Muttersprache austauschen konnte.

Nachdem sie ihm das Obergeschoss gezeigt hatte, was noch größere Verzückung bei ihm auslöste, verabschiedeten sie sich voneinander an der Tür.

„Du hast ja jetzt meine Nummer."

Caro nickte. „Ich lasse es mir durch den Kopf gehen und melde mich morgen bei dir."

„Ich würde mich wirklich sehr freuen. Aber du triffst die Entscheidung und musst dich damit auch wohlfühlen." Er tat einen Schritt von der Tür weg und drehte sich noch einmal zu ihr um. „Ganz egal, wie du dich entscheidest. Ich wünsche dir von Herzen viel Erfolg und würde mich freuen, dich wiederzusehen." Ohne ihre Antwort abzuwarten, ging er los.

Mit widerstreitenden Gefühlen blieb Caro zurück. Einerseits begriff sie es als Geschenk des Universums, andererseits mahnte ihr Verstand sie weiterhin zur Vorsicht.

Wie sollte sie sich entscheiden?

16

„Ich bin fertig mit den letzten Arbeiten", sagte Juan.

Caro sah auf vom Computerbildschirm am Empfangstresen, auf dem sie gerade die neu eingegangenen Buchungen kontrollierte. Eines musste man Nockemann lassen, sie sorgten dafür, dass sie auch noch in den nächsten Wochen ausgebucht sein würde. Leider dämpfte die weiter bestehende Dreißigprozentreduzierung ihre Stimmung. „Das ist toll", sagte sie, während Bedauern ihr die Kehle zu zuschnüren drohte.

„Sollte dir noch etwas auffallen, kannst du selbstverständlich anrufen."

„Aber klar. Das mache ich."

„Okay ... dann ..." Juan trat von einem Bein auf das andere, und Caro wurde bewusst, dass sie ihr Versprechen einer Einladung oder eines Geschenks, angesichts der guten Arbeit, noch nicht eingelöst hatte. „Ihr bekommt noch etwas von mir." Sie ärgerte sich im gleichen Augenblick über die unbeholfene Äußerung.

Juan winkte ab. „Das musst du nicht, Caro. Wirklich nicht."

Bevor sie etwas entgegnen konnte, betrat Benjamin den Eingangsbereich. Er hatte sich eine dunkle Schürze umgebunden. „Entschuldige, Caro. Aber kannst du mir noch einmal zeigen, wie man die Spülmaschine anstellt?" Er sah zu Juan, dann wieder zu Caro. „Sorry, ich wollte nicht stören."

„Nein, nein", wandte sich Juan an ihn, dann wieder an Caro. „Wir waren ohnehin dabei, uns zu verabschieden. Du hast ja meine Nummer und kannst dich jederzeit melden. Jetzt lasse ich euch mal weiterarbeiten." Er warf Benjamin einen abschätzigen Blick zu, den dieser nicht bemerkte.

Ist er eifersüchtig, fragte sich Caro. Aber eine Ahnung sagte ihr, dass das nicht der Grund war. Zumindest nicht der Einzige.

„Okay, dann melde ich mich bei dir", murmelte Caro, die Mühe hatte, die widerstreitenden Emotionen zu ordnen. Einerseits tat es ihr leid, so von Juan Abschied zu nehmen, andererseits ärgerte es sie, wie er sich verhielt.

Bevor sie sich klar darüber werden konnte, welches Gefühl überwog, war Juan bereits verschwunden und ließ sie mit dem fragend dreinblickenden Benjamin zurück. „Oha! Da habe ich wohl wirklich gestört, oder?" Benjamin schürzte die Lippen.

„Komm! Kümmern wir uns um die Spülmaschine." Zügigen Schrittes strebte Caro auf die Treppe zu. Auf keinen Fall wollte sie die Situation mit Benjamin analysieren.

In der Küche angekommen, erklärte sie ihm die Handhabung der Maschine.

„Sorry. Ich wollte dich echt nicht stören. Außerdem hast du mir das schon mal erklärt."

„Ist viel auf einmal am Anfang." Sie schloss die Maschinentür, woraufhin die Maschine summend zum

Leben erwachte. „Bereitest du dann die Tische für das Frühstück vor?"

„Jawohl, Chefin."

Caro sah Benjamin nicht an, sondern verließ die Küche. Nach seinem Besuch in der Villa hatte sie ihn bereits am nächsten Tag angerufen und ihm den Job gegeben. In dem Augenblick hatte es sich richtig und gut angefühlt, nicht nur, da es ihr an Alternativen mangelte.

Eine Woche war Benjamin nun hier und verrichtete seine Arbeit zuverlässig und korrekt. Seine lockere Art, die Caro bei ihrem Kennenlernen begeistert hatte, störte sie in der Zusammenarbeit zunehmend. Sicherlich war sie niemand, der auf Hierarchien Wert legte, schon aufgrund ihrer früheren Arbeit in der Klinik, wo ihr dieser Punkt stets aufgestoßen war, aber es war ein schmaler Grat zwischen Ungezwungensein und Respektlosigkeit. Zumindest empfand sie dies in Benjamins Fall so.

Du bist zu dünnhäutig, sagte sie sich, als sie die Treppe hinabstieg. Diegos Freunde waren schon vor Tagen abgereist und die ersten vom Reiseveranstalter Nockemann vermittelten Gäste eingetroffen. Zwölf insgesamt, womit alle Zimmer belegt waren. Das erschien nicht viel, aber ohne Julia und Benjamin hätte sie keine Chance, alle Aufgaben zu erledigen. Dies war ein weiterer Grund, weshalb sie es sich nicht leisten konnte, zu kritisch mit Benjamin zu sein.

Das Handy klingelte. Es war Felipe. „Hallo. Ich freue mich, dass du anrufst."

„*Hola* Caro. *Perdona*. Ich habe diese Woche eine Ausstellung in Santanyi und musste noch einiges vorbereiten. Aber dafür habe ich gute Neuigkeiten. Schon morgen beginnt der erste Kurs. Ist hoffentlich nicht zu knapp?"

Sie schüttelte den Kopf, was keine Antwort war, die Felipe ohnehin nicht sehen konnte, sondern der Versuch, die Reaktion abzuschütteln, die als Erste in ihr aufwallte und die sie sogleich als zu deutsch entlarvte. Denn was würde es bringen, Felipe darauf hinzuweisen, sich rechtzeitiger zu melden, angesichts der Tatsache, dass der Raum leer stand? Stattdessen solltest du froh sein, ab morgen Geld damit zu verdienen, sagte sie sich. „Das ist super, Felipe, und den Raum kannst du ab morgen haben. Wie wollen wir es mit Essen handhaben?"

„Eine gute Frage. Der Kurs dauert von zehn bis vier, mit einer Mittagspause, dachte ich."

„Also ein Mittagessen? Das geht aber erst ab übermorgen. Heute schaffe ich es nicht mehr, einzukaufen und habe nur Frühstückssachen da."

„Passt doch gut, dann kann ich das morgen mit den Teilnehmern klären. Also, wer das Mittagessen in Anspruch nehmen möchte."

„Prima. Dann kann ich dir auch den Preis dafür sagen. Muss das erst mal durchkalkulieren."

Sie verabschiedeten sich voneinander. Caro freute sich über die Aussicht, mit einem weiteren Essen eine zusätzliche Einnahmequelle zu haben. Das sollte sie gleich mit Benjamin besprechen. Für das Mittagessen würde sie seine Hilfe benötigen, wofür er an diesen Tagen länger bleiben müsste.

„Du bist erst ein paar Tage hier und schon muss ich mit dir etwas besprechen", sagte sie, nachdem sie ihn in der Küche angetroffen hatte, wo er dabei war, sauber zu machen.

„Oha! Das hört sich irgendwie nach Rauswurf an." Mit dem Handrücken wischte er sich den Schweiß von der Stirn.

„Ganz im Gegenteil. Ich benötige dich sogar länger hier."

Er hob eine Braue. „Und das klingt anzüglich." Er grinste, was Caro nicht erwiderte.

Da war es wieder. Die Art von Bemerkung, die sie von einem Mitarbeiter nicht hören wollte. „Weder noch. Einfach eine rein geschäftliche Angelegenheit." Dass er leicht zusammenzuckte, registrierte sie dankbar. „Ab morgen beginnen die Malereikurse, und ich möchte den Teilnehmern ein Mittagessen anbieten. Dafür brauche ich Verstärkung in der Küche. Das würde bedeuten, dass du ein oder zwei Stunden länger bleiben müsstest, um danach noch die Küche sauber zu machen."

Ein Augenblick verstrich, in dem er ihr Gesicht musterte. Darin zu suchen schien, ob er sich eine weitere Bemerkung erlauben konnte. Da sie ihren Ausdruck beibehielt, erschien es ihm wohl zu riskant, so dass er nickte. „Das ist kein Problem. Ich kann das Geld gut brauchen."

„Sehr gut. Es würde sich von Kurs zu Kurs entscheiden. Also, ob es Teilnehmer gibt, die das Mittagessen dazu buchen."

„In Ordnung. In der Regel habe ich für die Zeit keine anderen Pläne."

Innerlich klopfte sie sich selbst auf die Schulter. Das war die richtige Art, mit ihm umzugehen. Benjamin gehörte zu den Menschen, denen ihre Grenzen aufgezeigt werden mussten, und für sie war es wichtig, das entsprechend zu tun. Es war ein großer Unterschied, in einem Betrieb angestellt zu sein, oder den selbst zu führen. Zwar war ihr das bewusst gewesen, dass die Führung von Mitarbeitern jedoch eine derart große Herausforderung darstellte, war ihr nicht bewusst gewesen. Besonders, wenn einem die Zufriedenheit derer am Herzen lag. Davon musst du dich freimachen! Sie grinste sarkastisch. Eine der Chacka-Parolen, die schnell ausgesprochen, aber selten umzusetzen waren.

Als sie im Eingangsbereich ankam, stand ein junges Pärchen am Tresen, das zu ihren Gästen gehörte. „Brauchen Sie etwas?", fragte Caro, als sie hinter die Theke trat.

„Ein gutes Restaurant fürs Abendessen", sagte der junge Mann.

„Das ist nicht schwierig." Caro nahm einen der Stadtpläne zur Hand. „Einen wunderbaren Italiener finden Sie fünfhundert Meter die Straße runter. Aber auch sonst ist für jeden etwas dabei von Tapas bis Japanisch, also Sushi und Co ums Eck und Burger fast nebenan."

„Da haben wir die Qual der Wahl", sagte die junge Frau.

„Zu dieser Jahreszeit sind nur die Restaurants in Palmanova geöffnet, aber die reichen definitiv aus." Sie reichte dem Paar den Plan und erfreute sich daran, diese Tipps weitergeben zu dürfen. Hier zu sein, diese Arbeit zu haben, ihren Traum zu leben.

17

„Felipe wird die Namen sammeln und auch Infos, ob jemand von euch Allergien hat, es Vegetarier gibt und Ähnliches. Dann überlege ich mir für den Folgetag zwei Gerichte, zwischen denen ihr wählen könnt." Caro sah von einem Teilnehmergesicht zum nächsten. Sechs insgesamt. Vier Frauen, zwei Männer. Es hatte sich richtig angefühlt, die Teilnehmer zu begrüßen und zu erklären, wie das Mittagessen organisiert war. Eine Aufgabe, die sie auch Felipe hätte übertragen können, dessen Kurs es war. Caro aber wollte, dass jeder Gast ihres Hotels, und dazu gehörten für sie auch die Kursteilnehmer, ihr Gesicht kannte.

Eine kräftige Dame mit rotfleckigem Gesicht hob die Hand, woraufhin Caro ihr zunickte. „Gegessen wird aber nicht hier, oder?"

„Nein, nein. Wir haben eine wunderschöne Terrasse im Obergeschoss."

„Dann bin ich definitiv dabei", sagte die Frau mit einem breiten Grinsen.

Als die anderen Anwesenden sich ebenfalls zu Wort meldeten, hob Caro die Hand. „Ich freue mich sehr über eure Begeisterung. Aber bitte teilt das gleich Felipe mit. Das macht es mir deutlich einfacher." Sie wünschte einen erfolgreichen Kursbeginn und verließ den Raum.

Hinter dem Rezeptionstresen nahm sie Platz, um sich um den Papierkram zu kümmern. Zwar hatte sie sich in dem Raum dahinter ein Büro eingerichtet, in dem sie ungestört wäre, wollte aber diesen zentralen Bereich nicht unbesetzt lassen. Außerdem gefiel es ihr, alles im Blick zu haben und mittendrin im Getümmel zu sein. Momentan hielt sich das in Grenzen, da alle Gäste ausgeflogen zu sein schienen.

„Störe ich dich?"

Caro sah vom Bildschirm auf. Felipe stand vor ihr mit einem Zettel in der Hand. „Sind das die Essensanmeldungen?"

„Alle wollen auf der Terrasse essen."

„Alle heißt wirklich alle?" Anstatt seine Antwort abzuwarten, überflog sie die Liste, die sie entgegengenommen hatte. „Tatsächlich."

„Wobei das nicht stimmt."

Caro sah Felipe stirnrunzelnd an.

„Ich meine, dass es nur an der Terrasse liegt. Die ist sicherlich toll, aber du bist es. Die Leute merken, dass du das hier mit Leib und Seele machst. Das begeistert und reißt mit."

Bevor sie etwas entgegnen konnte, hatte Felipe sich umgewandt und war in Richtung Seminarraum verschwunden. Erneut betrachtete sie das Blatt. Zwei Vegetarier und ein Herr, der allergisch auf Krustentiere war. Das schränkte die kulinarischen Möglichkeiten ein wenig ein, doch schließlich wollte sie jeden Tag zwei Gerichte zur Auswahl stellen.

Es kostete sie Zeit, mit der Textverarbeitung einen Essensplan zu erstellen, in dem die Gäste vermerken konnten, welches Gericht sie auswählten. Mach es von

Anfang an richtig, anstatt mit Provisorien zu arbeiten, der Leitsatz der stationsleitenden Schwester, als sie noch im alten Job in der Klinik gearbeitet hatte. Das hatte Caro stets beherzigt und war damit bislang gut gefahren. Gerade am Anfang war die Verlockung groß, „etwas irgendwie zu machen", und ehe man sich versah, hatte sich eine halbgare Prozedur eingefahren.

Als sie in den Flur trat und sah, dass die Tür zum Seminarraum offen stand, beschloss sie, Felipe und seinen Künstlern einen weiteren Besuch abzustatten. Im Türrahmen stehend, winkte sie Felipe zu sich heran. „Keine Sorge. Ich werde dich jetzt nicht minütlich überfallen. Aber da sich alles erst einspielen muss ..." Sie schob die Unterlippe vor und zuckte mit den Schultern.

„*No pasa nada*", erwiderte Felipe und nahm Caro den Plan aus der Hand. „Jeder wählt, was er essen möchte?"

„Wenn wir das gleich machen, kann ich noch einkaufen fahren."

Felipe schritt sogleich zur Tat, und wenige Minuten später hatte sie den Plan zurück. Wie unkompliziert es ist, mit Mallorquinern zusammenzuarbeiten, dachte sie wieder einmal. Ein zweiter angenehmer Nebeneffekt war, dass selbst der unflexibelste Nicht-Insulaner angesichts von Urlaubsstimmung zumindest etwas entspannter wurde.

Schon fast zur Tür hinaus, fiel ihr ein, dass sie Benjamin noch nicht darüber informiert hatte, dass ab morgen wie besprochen das Mittagessen starten würde. Wie er mit umgebundener Schürze in der Küche werkelte, war mittlerweile zu einem festen Bild geworden, das sie im Kopf zu seiner Person abgespeichert hatte, und was sie auch heute in der Realität vorfand.

„Ab morgen haben wir dann täglich sechs Mittagessen für die nächsten vier Tage."

„Prima." Er wischte die Hände an der Schürze ab.

„Das Kochen übernehme ich, und du unterstützt mich dabei und übernimmst den Service."

„Und wenn du mich angelernt hast, kann ich das Mittagessen bald alleine schmeißen." Er griff nach der Spülbürste, um damit die Pfanne, die er ins Becken gestellt hatte, zu bearbeiten.

„Das hat Zeit. Ich koche nämlich gerne. Ist somit eine Aufgabe, die ich womöglich nicht ganz abgeben möchte."

Benjamins Augen verengten sich, und er nickte.

Auch ohne seine Reaktion registrierte sie, dass sich das schnippischer angehört hatte, als beabsichtigt, so dass sie ihm ein Lächeln schenkte, bevor sie sich zum Gehen wandte.

Was war das eben, fragte sie sich. Denn ihr Unterton entsprang einem Gefühl, das sie verwirrte. Als fürchte sie, Benjamin nehme ihr etwas weg. Was absurd war, schließlich arbeitete er für sie.

Sie beschloss daher, dem keine weitere Beachtung zu schenken, sondern stieg ins Auto, um zu Mercadona zu fahren, einer spanischen Supermarktkette, die eine Filiale ganz in der Nähe betrieb.

Als sie vom Grundstück fuhr, bemerkte sie einen grauhaarigen Mann mit einem Vollbart gleicher Farbe, der die Villa betrachtete. An sich nichts Ungewöhnliches, doch in ihr regte sich Argwohn, der sie noch einmal in den Rückspiegel schauen ließ, um den Herrn ihrerseits zu betrachten.

Das Klingeln des Handys, das durch die Verbindung mit der Freisprecheinrichtung aus den Lautsprechern drang und sie zusammenfahren ließ, riss sie aus ihren Gedanken. „Schatz, ich habe leider schlechte Neuigkeiten." Ihre Mutter hielt sich, wie meist, nicht lange mit Höflichkeitsfloskeln oder dem Herumreden um den so oft bemühten heißen Brei auf. Das wirkte zwar häufig schroff, Caro hielt dies dennoch für eine gute Eigenschaft.

„Worum geht es?"

„Deiner Oma Agatha geht es nicht gut."

„Wieder die Nieren?"

„Nein. Es ist ihr Gedächtnis. Heute hat sie sich zum zweiten Mal in dieser Woche ausgesperrt, und ich musste hinfahren, um aufzuschließen."

„Das kann doch jedem passieren." Caro ließ den Wagen auf den Parkplatz des Supermarkts rollen.

„Zweimal in einer Woche?"

„Es gibt deutlich jüngere Menschen, denen passiert so etwas zweimal am Tag." Natürlich wusste sie, worauf ihre Mutter hinauswollte und ebenso, dass sie recht hatte. Die Dimension dessen, was dadurch angestoßen würde, war jedoch so groß, dass sie sich verweigerte.

„Schatz, ich weiß, dass du an deiner Oma hängst und ihr beide am liebsten hättet, dass es für immer so weiter geht, aber das ist unrealistisch. Schließlich ist sie nicht mehr die Jüngste."

„Mist!", entfuhr es Caro, als sie einen freien Parkplatz in der Nähe des Eingangs zu spät bemerkte. Dass der Ausruf sich nicht nur darauf bezog, war ihr klar.

„Wie bitte?"

Lasst die Spiele beginnen, dachte Caro. Denn dies war ihr Muster: Sie ärgerte sich über etwas, was ihre Mutter sagte, formulierte dies aber nicht offen, was wiederum für eine entsprechende Reaktion sorgte, bis sich der Ärger in bösen Worten entlud, die dazu führten, dass Caro das Gespräch beendete. Keine erwachsene Streitkultur, sondern mangelhaft verheiltes Narbengewebe über einer Wunde, die wieder und wieder aufgerissen wurde, um mit jedem Mal schlechter zu heilen.

Aber es ging um Oma Agatha, die Mutter ihres verstorbenen Vaters, mit der sie schon von Kindesbeinen an eine enge Beziehung verbunden hatte. Zeit also, den Stolz zur Seite zu schieben, um ein lösungsorientiertes Gespräch zu führen. „Was schlägst du vor?", fragte sie. Froh darüber, einen ruhigen Tonfall angeschlagen zu haben.

„Du weißt, was mein Vorschlag wäre. Bereits seit einem Jahr ist." Ihre Mutter betonte jede Silbe gewissenhaft, was ihr verriet, dass sie sich ebenfalls zusammenriss.

„Was sagt sie denn dazu?"

Ein Seufzen ertönte. „Das weißt du."

Sie lenkte den Wagen in eine Parklücke und entschloss sich, zu schweigen, anstatt eine bissige Bemerkung gen Deutschland zu schicken.

„Wünsche können aber nur so lange berücksichtigt werden, wie sie auch erfüllbar sind", sagte ihre Mutter. „Und du bist nicht mehr hier, also kannst du dich auch nicht mehr kümmern."

„Hmm", machte Caro mit verspannten Lippen. Nicht nur, weil sie sich über das, was ihre Mutter sagte, ärgerte, sondern, da sie ihr zustimmen musste. Sie hatte ihrer Oma versprochen, alles zu tun, damit die den Lebensabend in ihrem Haus verbringen konnte. Das war vor Mallorca gewesen. Zumindest, bevor ihr Traum zur Realität wurde. Ihr das nun vorzuhalten war nicht ganz gerecht, aber eben auch kein aus der Luft gegriffener Vorwurf.

„Schatz, ich möchte dir keine Vorwürfe machen und denke auch nicht, dass jemandem damit gedient ist, wenn wir streiten. Schon gar nicht Agatha. Aber wir müssen über eine Lösung nachdenken." Sie räusperte sich. „Es ist nicht nur das Aussperren. Die Nachbarn sagen auch, dass sie manchmal das Gefühl haben, Agatha ist verwirrt."

„Mit den Nachbarn meinst du sicherlich Frau Hückmann?" Caro schnaubte verächtlich.

„Caro. Ja, Frau Hückmann ist eine Tratschtante, aber du musst zugeben, dass es bei einer über neunzigjährigen Frau, die alleine lebt, ein Bild ergibt, das leider beunruhigend ist."

Caros Widerstand bröckelte. Wem nutzte es etwas, sich weiter stur zu stellen? „Gib mir etwas Zeit, darüber nachzudenken, okay?" Sie schluckte. „Und versprich mir, dass du nichts unternimmst, bis ich mir eine Lösung überlegen konnte."

Ihre Mutter schwieg, und Caro befürchtete bereits, die Verbindung sei unterbrochen worden. „Wie lange wird das sein?", fragte sie dann.

Die Frage schürte Wut, aber Caro kämpfte dagegen an. Unklug, sich davon mitreißen zu lassen. „Ich werde mich in den nächsten Tagen bei dir melden. Vor einigen Tagen sind die ersten Gäste eingetroffen, da kannst du sicherlich verstehen, dass ich alle Hände voll zu tun habe."

„Das freut mich. Und natürlich verstehe ich das. Leider nimmt der Alltag darauf meist keine Rücksicht."

Erneut schluckte sie eine giftige Bemerkung herunter. Wenn sie eines jetzt nicht brauchen konnte, waren das die Belehrungen ihrer Mutter. „Ich melde mich dann und muss jetzt auch los, Mama."

„Okay. Dann bis die Tage."

Nachdem sie aufgelegt hatte, blieb sie noch einen Moment im Wagen sitzen, grübelte darüber nach, was ihre Optionen waren. Hatte sie überhaupt welche?

18

In Gedanken noch bei ihrer Großmutter, setzte Caro den Wagen in die Einfahrt und öffnete nach dem Aussteigen nicht gleich den Kofferraum, um die Einkaufstüten herauszuholen, sondern ging um die Hecke herum, die sie hatte pflanzen lassen. Die diente als natürlicher Sichtschutz, damit vom Pool nicht auf die Zufahrt und umgekehrt geschaut werden konnte. Das Becken war noch nicht mit Wasser gefüllt, da die ersten Monate des Jahres mit kühleren Temperaturen nicht zum Schwimmen einluden. Von wenigen Hartgesottenen, die sich das Bad im eiskalten Meer nicht nehmen ließen, mal abgesehen.

Sie setzte sich an den Rand und ließ die Beine in die Leere baumeln. Mit hohen Dattel- und halbhohen Yucca-Palmen, Bougainvilleas, die zwischen großen Natursteinen wuchsen, war der Garten wunderschön angelegt. In etwas Abstand voneinander waren kleinere Terrassen angelegt worden, auf denen zu Beginn der wärmeren Monate Liegestühle verteilt würden. So malerisch der Garten war, auch hier war das eigentlich Spektakuläre der Blick auf die Bucht.

Doch selbst der konnte die trüben Gedanken an Agatha nicht vertreiben. Ihre Großmutter und sie hatten bereits in Caros ersten Jahren auf dieser Welt ein enges Band geknüpft, das über die Jahre stabiler geworden war. Bis sie auf die Insel zog. Es schmerzte, sich das vor Augen zu führen, obwohl es, seit sie hier war, in ihr rumorte. Selbst, wenn man die Augen verschloss oder unangenehme Angelegenheiten wegsperrte – immer wieder drängten sie an die Oberfläche.

Sie hatte Oma Agatha versprochen, immer für sie da zu sein und dafür zu sorgen, dass sie in ihrem Haus bleiben konnte. Ein Versprechen, das sie mit ihrem Umzug gebrochen hatte. Egal, wie oft sie sich einredete, dass es der mangelnden Zeit geschuldet war, dass sie sich kaum bei ihrer Großmutter gemeldet hatte, seit sie auf Mallorca lebte, war das nicht der Grund, sondern die Scham.

Agatha wäre die Letzte, die das so sah und Caro Vorwürfe machen würde, doch Caros Gewissen hatte diese Aufgabe übernommen. Auch ohne dessen Dolchstöße in ihr Herz, war die Entscheidung gefallen: Ein weiteres Mal würde sie ihre Großmutter nicht im Stich lassen!

Die Ausgestaltung dessen war hingegen völlig unklar. Wenn sie demnächst zurück nach Deutschland musste und dies zur Notwendigkeit wurde, war es lediglich eine Frage der Zeit, wie sie den Hotelbetrieb aufrechterhalten sollte. Selbst durchgeführte Buchungen hätte sie stornieren können, aber was war mit denen, die sie durch den Reiseveranstalter Nockemann erhielt? Wurde dafür eine Strafe fällig? Wieder einmal nahm sie sich vor, den Vertrag zu prüfen, auch hinsichtlich des reduzierten Zimmerpreises.

Die Panik, die sie stets aus einem dunklen Winkel beobachtete, sprang sie an, um ihre Brust und Kehle zu umklammern. Tief durchatmen! Die Hände auf den Beckenrand gestützt, sog sie die Luft in ihre Lungen, rang um Fassung. Es waren zu viele Aufgaben, die wie Klippen aus einer aufgepeitschten See der Ereignisse herausragten.

Tief durchatmen und auf das Wesentliche konzentrieren. Trotz der Tatsache, dass ihre Mutter wieder einmal dafür gesorgt hatte, dass ein weiteres Riff vor ihr aufragte, das sie umschiffen musste, half Caro ihr mantraartiger Ratschlag. Langsam erhob sie sich, ging zurück zum Wagen und entnahm dem Kofferraum die Tüten mit den Einkäufen.

Dachte beim Weg in die Villa an das Mittagessen, das sie morgen zubereiten würde, und freute sich darauf. *Poco a poco*, dachte sie. Ein Spruch der Einheimischen, der so viel bedeutete wie „Stück für Stück".

„Soll ich dir helfen?", fragte Benjamin, der an der Rezeption saß und vom Bildschirm aufsah, als sie eintrat.

„Es sind noch Tüten im Kofferraum. Sei doch so lieb und hol die." Sie erklomm die Treppe und stellte die Tüten auf der Edelstahlarbeitsfläche ab. Benjamin war gewissenhaft, das musste man ihm lassen. Die Küche war blitzsauber. Sie begann die Einkäufe zu verstauen.

„Ich habe mir was überlegt."

Fast wäre Caro der Salatkopf aus der Hand gefallen, den sie gerade in den Kühlschrank legen wollte.

„Sorry." Benjamin grinste. „Ich habe dich wohl erschreckt?"

Sie rang sich ein Lächeln ab. „Habe dich nicht kommen hören. Was hast du dir überlegt?"

„Beim Frühstück könnten wir deutlich mehr rausholen."

Länger als notwendig starrte Caro in die Einkaufstüte, um den Blickkontakt mit Benjamin zu vermeiden, denn sie wusste nicht, wie sie auf diese seltsame Äußerung reagieren sollte. In jedem Fall löste diese Ärger in ihr aus, einerseits, da „wir" implizierte, dass Entscheidungen von ihnen gemeinsam getroffen wurden, und „deutlich mehr rausholen", als würde es bislang schlecht laufen. Was natürlich eine Kritik an ihrem Konzept war. Dies waren jedoch nicht die einzigen Gedanken, die Benjamin aufgeschreckt hatte. Jetzt sei nicht so dünnhäutig, er meint es doch nur gut!, erschallte nämlich die Stimme ihrer Mutter in ihrem Kopf, was sie nur noch mehr auf die Palme brachte.

„Deutlich mehr rausholen? Ich fürchte, ich verstehe nicht, was du damit meinst." Sorgsam sprach sie jedes Wort überdeutlich aus, tanzte sie doch mit einem brennenden Streichholz um die Zündschnur ihrer Wut herum.

„Nicht falsch verstehen, aber ich habe ja nun ein wenig mehr gastronomische Erfahrung als du und finde, dass das Frühstück, das wir anbieten, zu opulent ist, um es in den Zimmerpreis zu inkludieren."

Das Streichholz entglitt ihren Händen, und Caro wusste, dass es zu spät war, um erneut den Blick in die Einkaufstüte zu versenken. Selbst wenn sie sich die über den Kopf zog, um ihre Verärgerung hineinzuschreien, würde das kaum helfen. „Entschuldige bitte, dass ich nicht bedacht habe, dass du einige Wochen in einer Restaurantküche ausgeholfen hast." Caro funkelte Benjamin an. „Doch trotz deiner *Expertise*", das letzte Worte war durchwirkt von Sarkasmus, „ist das hier mein Hotel und meine Entscheidung beziehungsweise Konzept, das du als Angestellter umsetzt."

Benjamin riss die Augen auf, starrte dann zu Boden.

Du hast eindeutig überreagiert. So war das mit einer Zündschnur, die, einmal in Brand gesteckt, wenige Augenblicke später eine Explosion verursachte. Zurückzurudern war keine Option. Damit würde sie nur ihre Glaubwürdigkeit untergraben.

So behielt sie Haltung, bis Benjamin den Kopf hob und sie ansah und nickte. „Dann mache ich für heute Feierabend. Bin ohnehin schon länger da, als ich musste." Er machte auf dem Absatz kehrt, zog die Schürze über den Kopf und ging an Caro vorbei, ohne sie eines weiteren Blickes zu würdigen.

„Bis morgen", murmelte sie, bekam aber keine Antwort. Während sie die restlichen Einkäufe verstaute und dann die Lebensmittel bereitlegte, die sie für die Vorbereitungen des morgigen Essens benötigte, grübelte sie über die Situation nach, die sich eben ereignet hatte. Wichtiger als Benjamins Reaktion, die letztlich nachvollziehbar war, galt ihr die Frage, warum sie so empfand und reagierte. Fühlst du dich von ihm bedroht, fragte sie sich. Irgendwie schon, stellte sie fest. So komisch das war, denn inwiefern stellte er eine Gefahr für sie dar? Und übertrug sie nicht schlechte Erfahrungen aus anderen Situationen auf ihn?

Kochen hatte schon immer eine beruhigende Wirkung auf sie gehabt. Ihre Art der Meditation. So beruhigte sich der aufgewühlte Strom ihrer Gedanken, verstummte schließlich vollends, während ihre Hände die notwendigen Arbeiten ausführten.

19

Sie treibt im Meer. Über ihr der blaue Himmel, an den sich der golden leuchtende Sonnenball gehängt hat, dessen Strahlen sie wärmen.

Der Augenblick wäre perfekt, würden nicht die Schreie neben dem Rauschen des Meeres, dessen Intensität zunimmt, an ihr Ohr branden.

„Caro! Pass auf, Caro! Die Wellen!"

Sie will ihre Position, wie frei schwebend, nicht aufgeben, doch die Rufe werden drängender. Sie richtet sich im Wasser auf und schaut sich um.

Benjamin steht am Strand, winkt mit ausgestreckten Armen und endlich blickt sie aufs Meer hinaus und erstarrt.

Eine riesige Welle bewegt sich auf sie zu!

„Caro. Komm, ich helfe dir!"

Neben ihr schwimmt Juan und streckt die Hand nach ihr aus. Die Frage, woher er plötzlich aufgetaucht ist, driftet an ihr vorüber, ohne dass sie danach greift. Wie auch Juans Hand.

Du musst das alleine schaffen!

Sie strampelt, versucht, die Küste zu erreichen, doch sie steht still im Wasser. Schlimmer noch: Ein Sog zieht sie weiter aufs Meer hinaus.

Die Welle ist nun unmittelbar hinter ihr, bildet einen Kamm aus schäumender Gischt, da sie im Begriff ist, über ihr zu brechen.

Sie wird mich zerschmettern!

„Caro. Nimm meine Hand!"

Ihr Blick folgt dem Ruf. Juan ist vor ihr und streckt ihr weiterhin seine Hand entgegen.

Du musst das alleine schaffen!

Das Tosen ist ohrenbetäubend, als die Wassermassen über ihr zusammenstürzen und sie in die Tiefe reißen.

Japsend schrak Caro hoch. Du hast nur geträumt!, schoss es ihr in den Kopf. Und doch fuhren ihre Hände aus, um über das Bettlaken neben ihr zu tasten, als könne sie nicht glauben, dass sie im Bett lag und nicht im Meer trieb.

Sie schwang die Beine aus dem Bett, blieb einen Augenblick auf der Bettkante sitzen und wartete ab, bis der Schrecken des Traumes gänzlich von ihr abließ. Ein anderes Gefühl, das ihr geistiger Ausflug hervorgerufen hatte, hingegen löste sich nicht, sondern schlang sich um ihr Herz: Juan.

Selbst ihn nur in der Traumwelt wiederzusehen, hatte die Sehnsucht entfacht, die sie seit dem Abschied unterschwellig begleitet hatte. Die angesichts der vielen Aufgaben zwar in den Hintergrund getreten, aber nicht ausgelöscht worden war.

Er fehlt mir. Zum ersten Mal erlaubte sie sich diesen Gedanken, konnte sich dem Schmerz nicht entziehen, den sie empfand.

Du hast seine Hand nicht nur nicht ergriffen, du hast sie weggestoßen!

Und warum? Um sich, um allen zu beweisen, dass sie niemanden brauchte? Dass sie es alleine schaffte? Oder weil sie sich auf niemand Neues einlassen konnte und wollte?

Die Wunde, die Daniel mit seinem plötzlichen Verschwinden gerissen hatte, reichte tiefer, als sie anfangs gedacht hatte. Und sie pochte immer noch. Nicht, da sie ihn zurückhaben wollte, das sicherlich nicht, aber er hatte etwas mit sich genommen, als er sie zurückließ: ihre Fähigkeit, in andere zu vertrauen.

„Ganz schön viel für einen Morgen, Frau Freud", murmelte sie und grinste. Doch ihre Mundwinkel zitterten dabei.

Die Dusche spülte die Nacht und den Traum größtenteils von ihrer Haut, konnte jedoch nicht die Sehnsucht aus ihrem Herzen waschen.

„Tief durchatmen und auf das Wesentliche konzentrieren", sagte sie ihrem Spiegel-Ich, bevor sie sich die Zähne putzte und hoffte, dass die Vielzahl der anstehenden Aufgaben sie erneut von Juan ablenken würde.

Als sie in die Küche trat, war Benjamin bereits da. „Guten Morgen", begrüßte er sie.

Caro suchte in Benjamins Gesicht nach Anzeichen von Ärger und war positiv überrascht, nichts Derartiges ausmachen zu können. „Hör mal, wegen gestern", begann sie, hatte sie doch nach erneutem Nachdenken am gestrigen Abend entschieden, überreagiert zu haben.

„Alles gut." Benjamin winkte ab. „Du hast schon recht. Es ist dein Hotel und deine Entscheidungen. Ich sollte mich da nicht ungefragt einmischen, und das werde ich auch nicht mehr."

Das machte sie sprachlos, und erneut suchte sie in Benjamins blauen Augen den Ausdruck, der ihr verriet, dass er log, fand jedoch nichts. Mach nicht wieder den gleichen Fehler und sei froh, dass er so einsichtig ist, herrschte sie sich innerlich an. „Ich danke dir", sagte sie und fragte sich sogleich, ob das die richtige Entgegnung war. Wirkte es so nicht, als habe sie einen Fehler gemacht? Vom Ton oder der Art mal abgesehen – inhaltlich war es richtig gewesen. Untergrub sie damit nicht sogleich wieder ihre Autorität und befeuerte das Verhalten Benjamins, das zu dem Vorfall geführt hatte und das sie unterbinden wollte?

„Schon okay." Er deutete zum Herd. „Ich bereite dann schon mal das Frühstück vor?"

„Alles klar." Caro atmete durch. Die Angelegenheit war geklärt. Warum plagte sie weiterhin dieses Bauchgefühl, eine Ahnung, die ihr zu Vorsicht riet?

Sie verließ die Küche, stieg die Treppe hinab und nahm hinter der Rezeption Platz, wo sie begann, am PC die Buchungen zu kontrollieren.

„Guten Morgen. Haben Sie einen Augenblick für mich?" Es war die junge Dame aus Zimmer zwei, die mit ihrem Freund angereist war. Mit dem langen braunen Haar und den großen Augen war sie eine Naturschönheit, die dies nicht unter Schichten von Make-up verdeckte, wie Caro leider bei vielen Damen dieser Generation feststellen musste.

„Aber klar doch." Caro schenkte ihr ein Lächeln.

„Darian. Mein Freund. Er hat heute Geburtstag."

„Tatsächlich?"

„Ich weiß nicht, ob das möglich ist, aber können Sie ihm eine kleine Überraschung machen? Ich bezahle das natürlich."

„Nein." Caro winkte ab. „Das ist doch selbstverständlich, dass wir am Geburtstag eines Gastes eine kleine Aufmerksamkeit organisieren."

Wie die Frau die geballten Fäuste ans Kinn hielt, hatte etwas kindlich Rührendes, was Caro erneut zum Lächeln brachte. Bevor sie zurück in ihr Zimmer ging, bedankte sie sich bei Caro.

Einen Moment starrte Caro nur auf den Bildschirm und ärgerte sich über sich selbst. Genau diese Dinge waren ihr stets wichtig gewesen. Auch im früheren Beruf hatte sie die Geburtstage der Patienten gewusst und ein kleines Präsent für sie organisiert. Ein übriggebliebener Nachtisch, eine gepflückte Blume aus dem Krankenhausgarten oder Ähnliches. Für ein Hotel aber stand außer Frage, dass diese Aufmerksamkeiten nicht fehlen durften. Gerade bei einem kleinen Haus, das den Gästen eine intime Atmosphäre vermitteln sollte.

Sie erhob sich und begab sich zur Treppe. Überlegte auf dem Weg nach oben fieberhaft, welche Geburtstagsüberraschung sie Darian bereiten sollte. Sie nahm sich vor, beim nächsten Einkauf Kerzen, besser noch Wunderkerzen mitzunehmen. Die wurden schließlich nicht schlecht und bildeten zumindest eine gute Grundlage.

„Ich benötige deine Hilfe", sagte sie zu Benjamin, als sie die Küche betrat.

Der hob eine Braue, als er sie ansah.

„Einer unserer Gäste hat heute Geburtstag, und seine Freundin wünscht sich eine Überraschung."

„Welcher Gast ist es denn?“

„Darian. Das Pärchen aus ...“

„Zimmer zwei“, unterbrach er sie und erwiderte ihr erstauntes Gesicht mit einem Grinsen. „Ich bin aufmerksam, Chefin. Deshalb weiß ich auch, dass unser Darian auf gesundes Essen steht. Rührei nur aus Eiweiß, kein Brot, dafür Gemüse.“

„Beeindruckend, aber ich weiß nicht, wie uns das bei der Geburtstagsüberraschung helfen soll.“

„Ich kenne ein Rezept für einen mehlfreien Schokokuchen. Hast du Schokolade mit hohem Kakaogehalt?“

Caro nickte. „Die esse ich selbst gerne.“

„Sehr gut. Stevia haben wir auch. Und fertig ist ein Low-Carb-Schokokuchen.“

„Respekt. Das ist eine tolle Idee.“

Benjamin deutete eine Verbeugung an. „Ist mein Job, den ich überaus gerne verrichte.“ Er ging an einen der Schränke, um eine Schüssel herauszuholen. „Dann fange ich gleich mal an.“

„Eine Kerze haben wir nicht, oder?“

„Leider nicht. Willst du schauen, ob du welche besorgen kannst?“

Caro schüttelte den Kopf. „Dafür ist es jetzt zu spät. Demnächst stehen alle auf und dann sollte ich präsent sein. Der Kuchen ist eine schöne Sache, auch ohne Kerze. Und beim nächsten Einkauf lege ich uns einen Vorrat an.“

„Eine gute Idee.“

Bin ich Benjamin gegenüber ungerecht, fragte sie sich auf dem Weg nach unten. Bislang konnte sie ihre Ahnung nicht durch sein Handeln bestätigen. Selbst gestern hatte er versucht, ihr zu helfen. Du musst dich von dem Gedanken lösen, dass dir jeder Kerl etwas Böses will! Obwohl sich in einem Winkel ihres Verstandes Widerstand regte, war sie bereit, diese Weisung anzunehmen. Letztlich auch aus Opportunismus, denn sie brauchte Benjamins Hilfe, der innerhalb weniger Tage umfangreiche Aufgaben übernommen hatte und damit im Grunde schon jetzt nicht mehr wegzudenken war.

„Guten Morgen."

Caro, die erneut hinter dem Rezeptionstresen Platz genommen hatte, sah auf und in das freundliche Gesicht der jungen Dame aus Zimmer zwei, die dieses Mal von Geburtstagskind Darian begleitet wurde. „Wie ich erfahren habe, gibt es heute etwas zu feiern", sagte Caro, während sie sich erhob und hinter der Theke hervorkam, um Darian die Hand entgegenzustrecken. „Alles Gute zum Geburtstag."

Die ehrliche Überraschung, die sich im Gesicht des jungen Mannes spiegelte, rührte Caro. „Dass Sie das wissen. Vielen Dank!"

Der jungen Dame zwinkerte sie unauffällig zu und zeigte ihr den erhobenen Daumen als Zeichen, dass die Überraschung nach Plan lief, was die dazu veranlasste, mit den Lippen ein „Dankeschön" zu formen. Genauso stellte sich Caro ihren Betrieb vor, den Gästen nicht nur eine schöne Bleibe zu bieten, sondern ihnen durch diese Form der Aufmerksamkeit ein ganz besonderes Erlebnis zu bieten, an das sie sich noch lange Zeit und gerne zurückerinnern würden.

So sehr sie den Platz an der Rezeption mochte, Caro musste zugeben, dass er sich für konzentriertes Arbeiten nicht eignete, da sie ständig abgelenkt wurde.

Zuletzt von Felipe und seinen Kursteilnehmern, die nach und nach eintrafen. Mehrfach setzte sie an, den Vertrag von Nockemann durchzugehen, gab aber schließlich auf. Du wirst nicht drumherum kommen, noch jemanden einzustellen, der diese Aufgaben betreut, dachte sie. Doch wie sollte sie eine weitere Person bezahlen? Die Finanzmittel waren bereits knapp, und eine Art Concierge würde ein anderes Gehalt verlangen als eine Reinigungskraft oder Küchenhilfe.

Gerade als sie sich dazu durchgerungen hatte, sich in das Büro hinter der Anmeldung zurückzuziehen, klingelte ihr Handy. Als sie den Anrufernamen auf dem Display las, beschleunigte sich ihr Herzschlag: Es war ihre Mutter.

„Hallo Mama", sagte sie mit tonloser Stimme.

„Hallo mein Schatz." Ihre Mutter machte eine Pause, die mehr sagte, als viele Worte. Sogleich wusste Caro, dass es schlechte Nachrichten gab. „Deine Großmutter ist gestürzt, als sie in der Nacht auf die Toilette wollte."

„Geht es ihr gut?"

„Sie hat sich den Oberschenkelhals gebrochen."

Caro wollte etwas sagen, bewegte aber nur tonlos den Mund, da ihr Kehlkopf ihr den Dienst verweigerte.

„Es geht ihr gut. Sie ist in der Klinik. Die Ärzte sagen, dass sie noch einige Zeit dort bleiben muss. Der Bruch ist bei älteren Menschen eine häufige Unfallfolge."

Immer noch blieben Caro die Worte im Hals stecken, was unwichtig war, denn der Wagen war dabei, Fahrt aufzunehmen, und steuerte unbarmherzig auf den Abgrund zu.

„Wichtiger als die gesundheitlichen Folgen des Unfalls sind die Aspekte, die dazu geführt haben." Ihre

Mutter atmete aus. „Sie kann nicht mehr alleine bleiben, konnte das schon vorher nicht, aber jetzt geht es definitiv nicht mehr. Sie wird vom Krankenhaus nicht wieder in ihr Haus zurückkehren."

Die Schärfe in der Stimme ihrer Mutter ließ Caro zusammenfahren und erstickte den letzten Funken Widerstand, der noch in ihr glomm. Zeit, den Kampf verloren zu geben. Das Einzige, was ihr noch blieb, war, die Scherben zusammenzukehren und zu schauen, dass sich niemand daran schnitt.

„Bist du noch dran?", fragte ihre Mutter.

„Ja, sorry. Das ist nur ziemlich viel, das ich erst mal verdauen muss."

„Das weiß ich. Doch du musst der Tatsache ins Auge sehen, dass es jetzt keinen Raum mehr für irgendwelche Alternativen gibt. Agatha muss in eine entsprechende Einrichtung, wo sie rund um die Uhr betreut ist. Zu ihrer eigenen Sicherheit."

Der Funken, den sie für erloschen gehalten hatte, glomm plötzlich auf. Loderte als Stichflamme auf. „Ich weiß, dass alles an dir hängen geblieben ist und bin dir auch dankbar, dass du dich gekümmert und dir Gedanken gemacht hast." Sie atmete tief durch, froh über diesen versöhnlichen Anfang. „Aber dennoch ist das eine Entscheidung, die du nicht alleine treffen solltest und kannst."

„Womöglich bin ich mit der Tür ins Haus gefallen, in dem Punkt gebe ich dir recht, aber noch mal, meine liebe Tochter", Caro hörte ihre Mutter schlucken, es war klar, dass sie um Fassung rang, „auch wenn du das nicht hören möchtest, ich bin hier vor Ort und die einzige Angehörige, die die Entscheidung treffen muss.

Und das werde ich im Sinne Agathas tun und nicht im Hinblick auf irgendwelche Luftschlösser, die du vor Jahren mit deiner Großmutter gebaut hast."

„Du musst keine Entscheidung treffen." Caro war selbst verwundert, wie kühl sie klang.

„Wie bitte?"

„Du musst keine Entscheidung treffen. Ich komme nach Deutschland und werde mich um alles kümmern." Sie schnaubte verächtlich. „Ich habe mit Oma Agatha unsere Luftschlösser gebaut und werde einen Weg finden, wie sie dort einziehen kann." Bevor ihre Mutter etwas entgegnen konnte, hatte sie aufgelegt.

Einen Augenblick starrte sie auf das Handy in ihren zitternden Händen, rang um Fassung. Doch wie sollte sie die finden? Es hatte sich unglaublich gut angefühlt, ihrer Mutter das um die Ohren zu hauen, doch ein nicht unwesentliches Detail hatte sie nicht bedacht: Es war unmöglich, dass sie nach Deutschland flog und das Hotel unbeaufsichtigt ließ.

Was zur Hölle hast du dir nur dabei gedacht!, schrie sie sich innerlich an. Doch es war falscher Stolz, der sie zu dieser Entscheidung veranlasst hatte. Sie wusste, dass es keine andere Möglichkeit gab. Entweder brach sie das Versprechen ihrer Oma gegenüber, und sie wusste, dass sie sich das niemals verzeihen würde, oder sie kämpfte für eine andere Möglichkeit.

Wenn sie doch nur wüsste, welche das war.

20

„Ich bin ja fast ein bisschen neidisch", sagte Felipe, der nach dem Ende des Mittagessens zu Caro und Benjamin in die Küche gekommen war. „Meine Teilnehmer schwärmen mehr von deinem Essen als meinem Kurs."

„Du weißt doch – Liebe geht durch den Magen", entgegnete Benjamin.

Caro lächelte Felipe an. „Dein Lob bekommst du sicherlich am Kursende."

Mit der Hand vollführte er eine hin und her kippende Handbewegung. „Das geht mal so mal so aus. Wir Menschen haben unsere Grundbedürfnisse, und wer die stillen kann, und das auch noch in hervorragendem Maße, kontrolliert uns."

„Du solltest Philosophiekurse abhalten", sagte Caro.

„Kunst und Philosophie durchwirken einander. Beide sind Spiegel ihrer Zeit, Spiegel des Menschseins."

„Du solltest wirklich ...“

„Benjamin. Könntest du draußen schauen, ob sämtliches Geschirr abgeräumt wurde?", fragte Caro und unterbrach ihn damit.

Benjamin zog die Brauen zusammen. „Das habe ich eigentlich."

„Dann sei doch so lieb, noch einmal nachzusehen, ja? Mir zuliebe."

„Okay." Er wischte sich die Hände an der Schürze ab und verließ die Küche.

„Was geht da vor?", fragte Felipe.

Einen Augenblick scheute sich Caro, ihm davon zu erzählen, aber sie musste sich jemandem anvertrauen, zumindest ein wenig, und da Felipe ohnehin Zeuge der Situation war, konnte er direkt seine Einschätzung geben. „Womöglich bin ich zu empfindlich", sie stockte, kratzte sich an der Braue, „aber Benjamin hat eine Art an sich, Dinge zu sagen ..."

„Als wäre er hier der Chef?", fragte Felipe.

Caro blickte ihn mit aufgerissenen Augen an. „Empfindest du das auch so?"

Felipe präsentierte seine Handflächen. „Ich möchte mich da nicht einmischen."

„Oh nein. Da kommst du jetzt nicht mehr raus." Caro verzog den Mund zu einem schiefen Grinsen. „Außerdem bin ich für die Einschätzung eines Dritten dankbar."

„Na gut. Aber nicht, dass Benjamin wegen mir Ärger bekommt."

„Keine Sorge."

Felipe kaute auf seiner Unterlippe, doch bevor er antworten konnte, kehrte Benjamin in die Küche zurück.

„Wie ich gesagt habe, kein Geschirr mehr auf den Tischen." Er blieb stehen, sah zuerst Felipe, dann Caro an und kratzte sich am Kopf. „Störe ich gerade?"

„Ich muss ohnehin runter zu meinem Kurs." Felipe warf einen demonstrativen Blick auf seine Armbanduhr.

„Dann bis später", sagte Caro und half Benjamin dabei, die Spülmaschine zu beladen. Aus dem Augenwinkel registrierte sie Felipes erleichterten Gesichtsausdruck, als er die Küche verließ, und das, ohne auf Caros ihm unangenehme Frage antworten zu müssen.

Im Grunde braucht er das nicht, dachte Caro. Sein Gesichtsausdruck und das, was er ausgesprochen hatte, waren eindeutig. Oder machte sie sich auch da etwas vor?

Sie warf ihrer Küchenhilfe einen kurzen Seitenblick zu. Sie war weiterhin auf Benjamin angewiesen. Trotz aller Marotten, die er sich leistete, und womöglich noch zulegen würde. Ohne einen Ersatz würde sie sehr viel schlucken müssen, bis sie ernsthaft in Erwägung ziehen konnte, sich von ihm zu trennen. Vor allen Dingen nicht bei dem, was ihr bevorstand. Dem Plan, den sie bereits gefasst hatte, noch aber in ihrem Kopf hin und her schob, in der Hoffnung, auf eine andere Idee zu kommen.

Aber so, wie sich niemand vorstellte, der Benjamin ersetzen konnte, und zudem nicht dessen Allüren aufwies, ersann ihr Verstand einen Plan B, und die Zeit lief ihr davon. Zweimal holte sie Luft, wagte dann aber doch nicht, zu beginnen. Einmal ausgesprochen, konnte sie es nicht mehr zurücknehmen.

Wortlos räumten sie weiter auf, und erst als Benjamin seine Schürze abnahm, war Caro endlich bereit. „Benjamin, ich muss noch etwas mit dir besprechen. Etwas Wichtiges."

Die Schürze vor sich haltend, sah Benjamin sie aufmerksam an.

„Wir haben einen Notfall in der Familie. Meine Großmutter ist erkrankt, gestürzt, und ihre häusliche Situation muss geklärt werden." Warum erzählst du ihm das alles, fragte sie sich. Sie atmete tief durch und strich sich die Haare hinter das Ohr. „Ich muss nach Deutschland für ein paar Tage. Vielleicht eine Woche. Und wir haben weiterhin Buchungen. Der Betrieb hier muss weiterlaufen." Sie verschränkte die Finger ineinander. Du redest dich hier um Kopf und Kragen. Kein Wunder, dass er meint, er sei der Chef!

Benjamin hob beschwichtigend eine Hand. „Mach dir keine Sorgen! Wir bekommen das hin."

Das wirkte aufrichtig, und Caro ärgerte sich über sich selbst, dass sie darüber nicht einfach froh sein konnte. Doch der Eindruck, dass die Rollen vertauscht waren, erschien übermächtig. Mit seiner Reaktion und ihrer konfusen Ansprache war sie in die unterlegene Rolle gerutscht, exakt das, was sie hatte vermeiden wollen.

„Ich stelle einen genauen Plan auf mit den Aufgaben, die du erledigen müsstest. Es ist wichtig, dass du mich außerdem regelmäßig über alles informierst." Das klang schon mehr nach Chef.

„Ich halte hier gerne die Stellung, bis du deine Angelegenheiten geklärt hast. Wann musst du denn weg?"

Das ist eine gute Frage, dachte Caro und hoffte, dass Benjamin dies nicht aus ihrem Gesichtsausdruck las. „Ich habe verschiedene Flüge zur Auswahl und muss das noch abklären. Mach ruhig Feierabend, wenn du aufgeräumt hast, und wir besprechen alles morgen."

„In Ordnung."

Sie war froh, dass er keine weiteren Fragen stellte, hatte sie die doch ausreichend für sich selbst. Zum Beispiel, warum sie derart schlecht vorbereitet in dieses Gespräch gegangen war. Erneut hatte Benjamin so agiert, wie es von ihr zu erwarten gewesen wäre. Lag es nur daran, dass sie die Buchung des Fluges und damit die genaue Planung ihres Deutschlandaufenthaltes hinausschieben wollte? Nicht nur, aber zumindest war dieser Punkt einer der Pfeiler, auf dem sich der ganze Rest aufbaute.

Denn um die Flüge und damit die Daten festzulegen, musste sie sich mit der Aufgabe auseinandersetzen, die ihr bevorstand. Sie wollte Agatha helfen, ihr Versprechen einlösen, hatte aber keine Ahnung, wie das funktionieren sollte.

Dieses Mal wären ihr die Ablenkungen, die der Rezeptionsplatz bot, zwar willkommen gewesen, aber die Vernunft obsiegte. Die Zeit lief ihr davon, und heute würde sie einen Plan schmieden, egal, welche Konsequenzen daraus folgten.

So betrat sie zum zweiten Mal nach Fertigstellung das Büro. Nur einmal hatte sie hier einige Arbeiten erledigt, bevor sie dem Trugschluss aufgesessen war, die ebenso gut vorne verrichten zu können. Der Raum war nicht groß, reichte gerade für einen Schreibtisch, von dem aus sie bei geöffneter Tür den Tresen sehen konnte, und Sideboards für Akten an beiden Seiten. Eigentlich solltest du die Tür schließen, dachte sie. Was stimmte. Schließlich war auch sie so sichtbar, was den Effekt, in Ruhe gelassen zu werden, zunichte machte. Aber einfach so für ihre Gäste nicht ansprechbar sein? Nein! Das ging nicht.

Kaum hatte sie das gedacht, fuhr es ihr flau in den Magen, da ihr bewusst wurde, dass exakt dieser Fall schon bald eintreten würde. War Benjamin der Aufgabe gewachsen? Konnte sie einem Mann trauen, den sie erst seit wenigen Wochen kannte? Welche andere

Möglichkeit hatte sie? Das Hotel zu schließen, war keine Option, also musste es jetzt so laufen.

Sie rief die Website der Fluggesellschaft auf, um einen Flug nach Düsseldorf zu suchen. Ihre Mutter lebte in Viersen, einer kleinen Stadt nur einige Kilometer vom Flughafen entfernt und ebenfalls Heimatort Oma Agathas. Was sollte sie mit ihrer Großmutter anstellen? Aus der Klinikzeit wusste Caro, dass Schenkelhalsfrakturen bei älteren Menschen manchmal gar nicht mehr versorgt wurden, und selbst wenn, meist schlecht heilten. Und dann stand auch noch Agathas geistiger Zustand im Raum. Eine Altersdemenz besserte sich nicht mehr, und so sehr es ihr widerstrebte, sie musste ihrer Mutter recht geben, dass die für sich bereits ausreichte, um Agatha nicht mehr alleine leben zu lassen. Nicht auszudenken, wenn ein Feuer ausbrach, oder sie erneut stürzte und sich nicht bemerkbar machen konnte.

Somit blieb nur eine „Einrichtung", wie ihre Mutter gesagt hatte. Der Begriff verursachte ihr eine Gänsehaut, auch wenn sie wusste, dass es durchaus Pflegeheime gab, die schön gelegen waren, und in denen sich gut um die Bewohner gekümmert wurde.

Das Ziehen in den Eingeweiden verriet ihr, dass sie dennoch ihr Gewissen plagte. Als würde man jemanden, der nicht mehr funktionierte, wegsperren. „Das ist Schwachsinn, und das weißt du", sagte sie laut, während sie einen weiteren Tab im Internetbrowser öffnete, um nach Altenheimen im Raum Viersen zu suchen.

Lustlos klickte sie sich durch die Internetpräsenzen, die allesamt ansprechend aufgemacht waren, und mit

Bildern aufwarteten, die ihr Gewissen hätten beruhigen sollen. Taten sie aber nicht.

Auf ihrem Smartphone öffnete sie den Kalender, checkte mögliche Daten mit der Website des Fluganbieters, um zwischendurch immer wieder zu den Pflegeheimen zurückzukehren und natürlich den Klauen ihres Gewissens, die sich tiefer und tiefer in ihren Bauch gruben.

Irgendwann sprang sie auf, umrundete den Schreibtisch mehrfach. Setzte sich wieder hin. Verschränkte die Hände vor der Brust, dann hinter dem Kopf. Hoffte auf eine Eingebung, die wie ein Blitz in ihren Kopf einschlug, um ihr eine Lösung zu offenbaren.

Nach weiteren Runden, unterbrochen von Abstützen auf der Tischplatte und tiefem Durchatmen, da sie glaubte, jeden Augenblick in Panik auszubrechen, ließ sie sich auf den Stuhl fallen und buchte einen Hinflug für Übermorgen um die Mittagszeit und einen Rückflug eine Woche später. Keine Ahnung, ob das reicht, dachte sie und kräuselte die Lippen. Aber damit hatte sie zumindest einen zeitlichen Rahmen, und umbuchen ließen sich die Flüge im ausgewählten Tarif auch.

War es kindlich naiv anzunehmen, dass ihr schon etwas einfallen würde, wäre sie einmal vor Ort? Nein!, entschied sie. Vielmehr spiegelte dies die Gangart, die die Insel sie gelehrt hatte. Nicht planlos zu sein, sondern zuzulassen, dass Erkenntnisse sich zu ihrer Zeit offenbarten. Wichtig war, dass sie Agatha beistand, und schließlich hatte sie auch eine Meinung, die sie anhören sollte.

Sie griff nach ihrem Handy, das auf dem Schreibtisch lag, und rief Juans Kontakt auf. Ihr Daumen schwebte über dem Display und hätte nur zu gern dem Wunsch nachgegeben, darauf zu tippen, um mit ihm zu sprechen.

Ihre Gedanken wanderten zu ihrer gemeinsamen Nacht, seinen festen und dennoch zärtlichen Berührungen und dem Glücksgefühl, das sie empfunden hatte, als sie in seinen Armen lag.

Schluss damit!, herrschte sie sich an und wusste, dass sie die Erinnerungen nicht würde davon abhalten können, zurückzukehren.

21

„Und du hältst mich auf dem Laufenden?“

„Klar.“ Benjamin sah auf die Uhr. „Jetzt mach dir keine Gedanken.“

Um sie herum herrschte nicht das rege Treiben wie im Sommer, aber dennoch hielten immer wieder Autos, die Passagiere mit Koffern absetzten.

„Du musst los, und ich darf hier auch nur ein paar Minuten stehen“, sagte Benjamin. „Jetzt mach nicht so ein Gesicht.“

„Okay.“ Sie erfasste den Griff ihres Koffers. „Falls irgendetwas ist, egal was ...“

„... rufe ich dich an.“

Einen Augenblick standen sie unschlüssig voreinander, keiner schien zu wissen, wie sie sich voneinander verabschieden sollten. In der Villa winkten sie einander meist kurz zu, da handelte es sich ja nur um die Feierabendverabschiedung. Andererseits waren sie nicht mehr als Chefin und Angestellter.

Daher entschloss Caro sich, auch so zu handeln. „Dann kümmere dich gut um mein Hotel“, sagte sie und streckte ihm im selben Moment die Hand entgegen.

Benjamin starrte die etwas konsterniert an, bevor er sie ergriff und kurz schüttelte. Offenkundig hatte er eine andere Verabschiedungsgeste erwartet. „Ich halte die Stellung.“

Caro nickte, sah ihm dann mit zusammengepressten Lippen zu, wie er in ihr Auto stieg, noch einmal winkte und losfuhr. Dann wandte sie sich dem Flughafengebäude zu. Durch die Drehtür gelangte sie in die Halle, suchte und fand die Check-in-Schalter der Airline und stellte erfreut fest, dass es nur wenig Flugreisende gab.

Klar, du fliegst ja auch außerhalb der Saison. Umso verwunderlicher war, dass die Villa auch noch die nächsten zwei Wochen ausgebucht war. Sie hoffte, dass das nicht nur an dem stark reduzierten Preis lag, den Nockemann durchgedrückt hatte. Immer noch nicht war sie dazu gekommen, den Vertrag durchzusehen. Hoffte aber, das im Flugzeug erledigen zu können. Den Laptop hatte sie dabei.

Die Gepäckaufgabe gestaltete sich schnell und unkompliziert. Die blonde Dame am Schalter wünschte ihr einen angenehmen Flug, und Caro begab sich in den hinteren Bereich der Halle, von wo aus Rolltreppen in die oberste Etage führten. Darüber gelangte sie zu den Sicherheitskontrollen, ebenfalls ohne Warteschlange. Das Sicherheitspersonal war ebenfalls freundlich, und kurze Zeit später hatte Caro das Gate erreicht.

Der Bildschirm verkündete, dass ihr Flug pünktlich war und das Boarding in fünfundvierzig Minuten begann. Sie setzte sich auf einen der vielen freien Plätze und zog den Laptop aus der Umhängetasche. Doch anstatt den Vertrag, den sie mit Nockemann geschlossen hatte, zu lesen, starrte sie nur auf den Bildschirm, während ihr Kopf den Gedankenfilm ihres Deutschlandaufenthalts in Dauerschleife abspielte.

Sie hatte ihrer Mutter eine Nachricht geschrieben und die Ankunftszeit mitgeteilt. Ein Telefonat und damit eine weitere Diskussion wollte sie nicht riskieren. Es reichte, wenn die beim persönlichen Zusammentreffen entbrannte.

Mit einem Seufzen klappte sie den Bildschirm herunter, als sie sich endlich eingestand, dass ihr Hirn keine Kapazität gewährte, die sie für andere Aufgaben nutzen konnte, als das sich endlos drehende Gedankenkarussell, dessen Achse ihre Mutter darstellte.

Warum, fragte sie sich, und damit wurde ihr der Fehler bewusst. Warum räumte sie ihrer Mutter diese Rolle ein? War das nicht sogar ungerecht? Sie konnte starrsinnig sein, aber in diesem Fall hatte sie den Finger in eine Wunde gelegt, die sie nicht verursacht hatte. Es war Caro, die sich keine Gedanken über ihre Großmutter gemacht hatte, und nun davon eingeholt wurde. Mehr als das. Es war, als würde sie damit ihr früheres Leben, das sie geglaubt hatte, zurücklassen zu können, wieder einfangen.

Ihr Blick ging zur Anzeigetafel. Noch zehn Minuten bis zum Boarding. Es war absurd, aber sie verspürte einen Fluchtimpuls. Als würde das Einsteigen in das Flugzeug bedeuten, dass sie zu einem Haftaufenthalt gebracht wurde und nicht zurück in ihr Heimatland.

Wie stets entsprang dies Erfahrungen, die sie gemacht hatte. Insbesondere der frühere Beruf in der Pflege war vom anfänglichen Sich-berufen-fühlen zur Pflichtübung, dann unangenehm und schließlich krank machend mutiert. Bevor sie den Entschluss hatte, ihren Traum zu verwirklichen, hatte sie sich Tag für Tag zum Dienst geschleppt, und selbst danach, mit dem Wissen, bald ein anderes Leben zu führen, glichen die Tage einer Qual. Das Maß der Unzufriedenheit unter Kollegen, die sie eigentlich mochte, das aber in Wechselwirkung mit ihrer eigenen Desillusionierung trat, und damit den Weg bereitete in ein Tal tiefer Erschöpfung und Hoffnungslosigkeit, war mehr, als sie ertragen konnte.

Wie eine einstmals pralle Frucht, die ein gefräßiger Wurm von innen aushöhlte, bis nur noch die hauchdünne Schale verblieb, verlor sie ihre Widerstandsfähigkeit. Resilienz, wie es neudeutsch hieß. Jede noch so kleine Äußerung oder Geste agierte wie ein Finger, der einen Abdruck hinterließ, bald Löcher in die ausgezehrte Haut riss.

Sich selbst so zu erleben, die Kontrolle zu verlieren, wenn sie beispielsweise ärgerlich wurde über Nichtigkeiten, oder Tränen sie heimsuchten, war bereits schlimm, doch sie erkannte die Depressivität ebenso in den Mienen ihrer Kolleginnen. Unter denjenigen, die versuchten, Menschen von Krankheiten zu kurieren, grassierte eine Seuche, die sich ausbreitete: Apathie. So verblieben die meisten in einem Job, der sie unglücklich machte, brachten nicht wie sie die Kraft auf, sich daraus zu befreien.

Selbstverständlich bedeutete die Rückreise, die vor allem temporär war, nicht, dass sie erneut in das System eintrat, aber der räumliche Abstand hatte gut getan. Mit Deutschland verband sie die Unzufriedenheit, die niedergedrückte Stimmung, die sich nicht nur im Gemüt ihrer Kollegen spiegelte. Mallorca war nicht nur durch die deutlich höhere Anzahl an Sonnentagen heller, es waren auch die Menschen, die in der Mehrzahl glücklich waren mit ihrem Schicksal, anstatt sich darüber zu beschweren.

„Meine Damen und Herren, wir beginnen nun mit dem Boarding für unseren Flug nach Düsseldorf. Bitte halten Sie Boarding Pass und Personalausweis bereit", ertönte eine Frauenstimme aus dem Lautsprecher und riss Caro aus ihren Gedanken.

Obwohl dieselbe Stimme im Anschluss auf die Reihenfolge des Boardings hinwies, erhoben sich nahezu alle Wartenden, um eine Schlange zu bilden. Caro blieb sitzen. Schon immer war ihr die ausbrechende Panik angesichts des Aufrufes unverständlich gewesen. Früh genug mussten die Passagiere ihren engen Platz im Flugzeug einnehmen, der ohnehin bereits zugewiesen war. Warum also musste man da in Eile verfallen?

Sie musterte die Menschen in der Reihe, überwiegend älteren Semesters. Die Herren meist im Hemd mit über die Schultern gelegten Pullover und goldgerahmter Brille, die Damen mit roten Lippen, klobigen Ketten und Ringen und einem Blick, der verriet, das alles und jeder um sie herum unterhalb ihrer Würde rangierte. Der gleiche Frauentypus, dem auch ihre Mutter angehörte.

Du solltest nicht undankbar sein, rief sie sich in Erinnerung. Es stimmte. Ihre Mutter hatte ihr Vieles ermöglicht, sich nie gescheut, auch finanziell auszuhelfen, tat dies aber stets mit dieser Herablassung, die Caro das Gefühl gab, unzulänglich zu sein. Wie eine Bettlerin, die Almosen bezog. Sie glaubte noch nicht einmal, dass ihre Mutter das mit Absicht tat, nicht immer zumindest, es war ihr entweder anerzogen worden oder Teil der Persönlichkeit.

Da ihre Großeltern mütterlicherseits früh verstorben waren, als Caro noch ein Kleinkind war, hatte sie die nie richtig kennengelernt, und ihre Mutter sprach selten über sie. Daher konnte sie nicht sicher sagen, ob die Art ihrer Erzeugerin etwas war, was der bereits von ihren Eltern mitgegeben worden war.

Als nur noch wenige Personen in der Schlange standen, erhob sich Caro und reihte sich ein. Die Dame, die Boarding Pass und Ausweis kontrollierte, wünschte ihr einen guten Flug, und obwohl Caro wusste, dass es albern war, glaubte sie in deren Stimme einen sarkastischen Unterton zu erkennen.

Bleib locker! Alles halb so wild, sagte sie sich, als sie ihren Platz am Gang einnahm und dankbar registrierte, dass der Mittelplatz frei blieb. Der Herr am Fenster gehörte zudem nicht zu den Redseligen, sondern blies kurz nach dem Start ein Nackenkissen auf, um zu entschlummern, was Caro ihm gleichtat.

22

Das Grau des Himmels, die kühle Luft, die ihr beim Verlassen des Flugzeugs entgegenschlug – ihre Heimat sparte nicht an Argumenten, die sie überzeugten, den richtigen Schritt getan zu haben. Nicht, dass es derer bedurft hätte. Doch es sollte nicht dabei bleiben.

Nach der Fahrt im Bus zum Flughafengebäude, dem Warten auf ihren Koffer am Gepäckband, stand dann das stärkste Argument bereit. Denn als sich die Sicherheitstüren nach der Gepäckrückgabe öffneten, blickte Caro unmittelbar in das Gesicht ihrer Mutter. Caro wusste nicht, ob es ihr gefiel oder missfiel, dass ihre Mutter sich nicht einmal die Mühe machte, den Anschein zu erwecken, sich über ihre Ankunft zu freuen. Sämtliche mimische Muskulatur des Antlitzes ihrer Mutter übte sich jedenfalls im Ausdruck des glatten Gegenteils.

„Hallo Mama", sagte Caro, als sie sie erreichte, mühte sich ebenfalls kein Lächeln ab und legte geschäftsmäßige Kühle in ihren Tonfall. Zumindest hatte ihre Mutter ihr die Frage abgenommen, wie sie bei der Begrüßung reagieren sollte. Und damit konnten sie auch die Phase der vorgespielten Freundlichkeit überspringen, um gleich zur Sache zu kommen.

„Wie war der Flug?"

Die Frage überraschte Caro, normalerweise hielt ihre Mutter sich nicht mit Höflichkeitsfloskeln auf, aber Caro beschloss, das Spiel noch bis zum Auto mitzumachen. „Ich habe die ganze Zeit geschlafen. Also denke ich, gut."

„Das ist doch was." Ihre Mutter tat einen Schritt, um sich dann Caro zuzuwenden. „Ich stehe in Parkhaus eins. Das ist am nächsten dran."

„Na, das ist doch toll." Das klang sarkastischer als beabsichtigt. Aber entweder ließ sich ihre Mutter nichts anmerken, oder ihr war es nicht aufgefallen.

Caro war froh, dass ihnen immer wieder Menschen entgegenströmten, so dass sie hintereinanderlaufen mussten. Am Auto angekommen, war die Schonzeit vorüber. Sie hob den Koffer in den Kofferraum, den sie der Meinung ihrer Mutter nach zu hart zuschlug, und nahm auf dem Beifahrersitz Platz. Das weckte Erinnerungen, und fast hätte Caro aufgelacht, denn insbesondere auf diesem Sitz hatte sie sich unzählige Standpauken ihrer Mutter anhören müssen. Dass sie zu spät kam, die Kleidung schmutzig war, oder die Note zu schlecht, die sie bekommen hatte. Selbst als jugendliche und erwachsene Frau wurde es nicht wirklich besser. Nur, dass sie jetzt in der Lage war, den Abstand zwischen ihrer Mutter und sich zu vergrößern, was sie auch getan hatte.

Doch jetzt war sie hier, und anstatt in alte Fahrwasser zu verfallen, wollte sie endlich mal die Führung übernehmen. „Mama. Ich habe mir Gedanken gemacht."

„Aha."

Caro kämpfte die Wut nieder, die dieser lapidare Kommentar ihrer Mutter ausgelöst hatte. Als wäre alles, was Caro ersann, ohnehin Humbug.

„Ich werde für Agatha eine geeignete Einrichtung aussuchen. Mit ihr gemeinsam.“

„Aha.“ Der Blick ihrer Mutter ging starr auf die Straße.

Ein zweites Mal gelang es Caro, den Ärger zu besiegen, der ihr nun heiß glühend in der Kehle steckte. „Du hast dir sicherlich auch bereits Gedanken gemacht. Sicherlich finden wir einen Kompromiss.“ Damit springe ich mehr als einen Kilometer über meinen Schatten, dachte Caro und warf ihrer Mutter siegessicher einen Seitenblick zu.

Die um das Lenkrad verkrampften Hände, der immer noch starre Blick und die mahlenden Kiefer – man musste kein Spezialist für das Lesen von Körpersprache sein, um die Stimmung ihrer Mutter richtig zu deuten.

„Was ist los?“, fragte Caro und nahm es ihrer Mutter damit ab, das unangenehme Thema anzusprechen, was die sicherlich zeitnah übernommen hätte. Obwohl ihr klar war, dass sie damit die Büchse der Pandora öffnete, hatte sie so den Eindruck, die Angelegenheit mehr zu kontrollieren, was ihr guttat.

„Was soll denn los sein?“ Das klang zumindest schnippisch und damit besser als Mutters emotionsloses „Aha“, fand Caro.

„Ich weiß, dass die Situation schwierig ist, und du damit alleine warst. Aber jetzt bin ich ja …“

„Du hast wirklich Nerven!“, rief ihre Mutter aus und schnitt ihr damit das Wort ab.

Die Heftigkeit der Reaktion traf Caro unvorbereitet. Sie hatte zwar mit einem Streitgespräch gerechnet, aber das lief mit ihrer Mutter meist ruhig ab. Dass die ihre Stimme erhob, kam äußerst selten vor.

„Was meinst du?", fragte Caro.

„Wir besprechen das zu Hause", zischte ihre Mutter, und so legten sie den Rest der Fahrt schweigend zurück.

Das wird was werden, dachte Caro und ging die Szenarien mental durch, wobei jedes damit endete, dass eine von ihnen, meist sie selbst, wütend aus dem Zimmer stürmte. So weit darfst du es nicht kommen lassen!, schärfte sie sich ein. Sogleich wissend, dass es schwierig bis unmöglich werden würde. Eine jahrelang kultivierte Streitkultur, auch wenn die diese Bezeichnung nicht verdiente, änderte man nicht von einem Tag auf den anderen.

Sie versuchte, sich gegen die Vorwürfe zu wappnen, die gleich seitens ihrer Mutter auf sie treffen würden. Zielgenaue Geschosse, nicht jedes einzig dem Zweck geschuldet, eine Lösung zu finden. Ihre Mutter war eine Meisterin darin, Caros schlechtes Gewissen anzufachen.

Wortlos stiegen sie aus, und Caro öffnete den Kofferraum, um ihr Gepäck zu entnehmen. Achtete darauf, die Klappe behutsam zu schließen, um nicht gleich Anlass für ein Wortgefecht zu liefern. Das kam noch früh genug.

„Ich habe dir dein Zimmer hergerichtet", sagte ihre Mutter, nachdem sie das Haus betreten hatten.

„Okay", entgegnete Caro, froh darüber, noch einen Augenblick Aufschub zu bekommen. Sie schritt zur

Treppe, die sich mit frei schwebenden Stufen, die in der linken Wand fixiert waren, im hinteren Teil des langgezogenen Flures befand. Mit der sich in das obere Stockwerk öffnenden Decke wirkte der Flur imposant und auf Caro auch einschüchternd. Hinzu kamen die unverputzten Betonwände und die spärliche Dekoration, bei der es sich ausschließlich um Kunstwerke handelte. Bereits als Kind hatte sich Caro stets wie in einem Museum gefühlt, und dieser Eindruck haftete dem Haus jetzt noch an.

Wie in jungen Jahren streifte Caro die Schuhe ab, stellte sie auf das vorgesehene Schuhregal und setzte die Füße sorgsam auf, als würde jeder Laut, jede Bewegung, die sie verursachte, die Ruhe dieses Ortes stören. Ebenfalls ein Mitbringsel aus Kindertagen, das sie wohl niemals loslassen würde.

Die Galerie, die sich der Treppe anschloss, bot mit dem gläsernen Geländer einen spektakulären Blick in den Flur und auf ein gigantisches, abstraktes Gemälde an der gegenüberliegenden Wand, dessen Schöpfer Caro entfallen war. Über diesen Weg gelangte sie in ihr früheres Kinderzimmer. Der einzige Ort im Haus, der aussah, als würde er bewohnt, und kurioserweise wurde er das als einziger nicht.

Den Koffer stellte sie neben das Bett und überlegte, ob sie auspacken sollte. Einerseits war es unnötig, das unliebsame Gespräch weiter hinauszuschieben, und andererseits widerstrebte ihr, sich an diesem Ort einzurichten. Auch wenn dieser Gedanke dem kindlichen Anteil in ihr zuzurechnen war, gelang es ihr nicht, sich davon zu lösen.

Wie fern die Insel und das Leben dort erscheinen, dachte sie und natürlich auch er – Juan. Doch selbst die Distanz schien ihn nicht aus ihrem Denken zu vertreiben. Ganz im Gegenteil. Wie sehr wünschte sie sich, gerade jetzt, von ihm in den Arm genommen zu werden.

Sie schüttelte den Kopf, als wären ihre Gedanken Wasser in ihren Haaren, das sie herausschütteln konnte und verließ das Zimmer.

Mit jeder Stufe, die sie hinabstieg, erklomm das Unbehagen eine Weitere in ihrem Inneren. Als sie den Boden erreichte, steckte die Beklommenheit als Kloß in ihrer Kehle. Du bist kein Kind mehr! Selbstverständlich wusste sie das. In dieser Umgebung aber, schien ihr Verstand diese Tatsache zu ignorieren und sich voll den Emotionen hinzugeben, die das Gegenteil behaupteten.

Ihre Mutter stand an der Kücheninsel, als Caro das großzügige Wohnzimmer mit der offenen Küche betrat. Das dunkle Rolf Benz Ledersofa auf dem hellen Ahornparkett und die schiefergrauen Fliesen der Küche mit eierschalengelben Hochglanzfronten, zeitlos elegant und steril – ganz, wie es ihrer Mutter gefiel.

„Möchtest du auch ein Glas?" Ihre Mutter hob das elegante Weinglas, als proste sie Caro zu.

„Gerne", antwortete Caro. Am liebsten hätte sie schon ein, besser zwei Gläser intus.

Ihre Mutter schenkte ein, sie stießen an, und Caro nahm zwei große Schlucke. „Wie geht es Oma?", fragte sie, in der Hoffnung, auf unverfängliche Art das Thema anzuschneiden.

„Sie erholt sich ganz gut von der OP. Die Ärzte sagen, dass sie mit einer Reha womöglich wieder auf die Beine kommt."

„Das hört sich gut an." Caro nahm noch einen Schluck. „Was hast du dir denn vorgestellt, wie es mit ihr weitergehen soll?"

Ihre Mutter blickte sie prüfend an, schürzte die Lippen, was Caro als positives Zeichen wertete. „Ich habe ein sehr schönes Heim gefunden."

Caro nickte. Wusste, dass jetzt der Zeitpunkt war, um eine gute Alternative zu präsentieren oder dem Plan ihrer Mutter zuzustimmen. „Was sagt Oma dazu?"

„Ich habe noch nicht mit ihr darüber gesprochen. Ich denke, das ist etwas, das wir gemeinsam erledigen sollten."

Wieder nickte Caro. Ebenfalls ein Punkt, den sie schlecht verweigern oder in Frage stellen konnte. „Und das Haus?"

Ihre Mutter ergriff das Weinglas, führte es jedoch nicht zum Mund. „Du erinnerst dich an Paul Wegemut? Der ist Immobilienmakler und ziemlich erfolgreich. Er würde sich sicherlich gerne um den Verkauf kümmern. Und den Erlös können wir dann für den Heimplatz verwenden."

Der Rebellion in ihr zum Trotz, das war ein durchdachter und vernünftiger Plan, dem sie nichts entgegenzusetzen hatte. Einen Moment lang huschten ihre Gedanken noch hin und her, im hilflosen Versuch, einen Schwachpunkt oder besser noch eine Alternative zu offenbaren. Dann gab sie sich geschlagen. „Einverstanden", sagte sie.

23

Sie ist geschrumpft! Der erste Gedanke, der beim Betreten des Zimmers wie ein Pfeil in ihren Schädel drang. Ihre Großmutter hatte stets Haltung bewahrt und Würde ausgestrahlt. Selbst als das zunehmende Alter ihr Schultern und Haupt niederdrückte und sie dem mit einem Stock begegnete, war sie die aufrechte Dame geblieben, die sie für Caro schon immer gewesen war.

Unter der dünnen Decke des Krankenhausbettes zeichneten sich ihre Konturen hingegen kaum ab. Zwei Hügelchen, die ihre Füße darstellten, waren die einzige, nahezu nicht auszumachende Erhebung der Schneedecke, die sie einhüllte, und aus der nur oben der Kopf hervorschaute.

Auch hier veranlassten die Veränderungen Caro dazu, erschrocken zusammenzufahren. Agatha verfügte über eine scharfkantige Nase, eine Charakternase, wie sie selbst gerne scherzhaft sagte. Nun trat dieses Merkmal auf beinahe groteske Weise hervor. Als sei dieser Teil der Einzige, der sich dem Zerfall trotzig entgegenreckte, während unterhalb dieser ausgeprägten Kontur, Haut und Weichgewebe dem Kissen, auf dem Agathas Haupt ruhte, zustrebten. Dadurch traten die knöchernen Strukturen überdeutlich hervor. Obwohl Caro versuchte, den Gedanken im Keim zu ersticken: Es wirkte wie ein Totenschädel, dem eine dieser Masken mit Nase aufgesetzt wurde, wie sie zum Karneval in Venedig getragen wurden, um anschließend auch über diesen Bereich ein Laken zu breiten. Wächsern-weiß wie auch die Haut der Hände, die zerbrechlich anmuteten, wie ihre gesamte Gestalt.

Wie kannst du nur so über deine geliebte Großmutter denken!, schrie sie sich innerlich an, konnte sich aber nichts vormachen. Keine Abfälligkeit wohnte den Eindrücken inne, einzig Entsetzen und Scham. Hatte sie sich zuvor bereits schlecht gefühlt, wie eine Verräterin, die ihre Oma zurückgelassen hatte, brach hier die Flutwelle aus Schuld und Verantwortung über ihr und schleuderte sie herum.

Sie sank auf den Stuhl neben dem Bett, ergriff die kalte Hand und weinte. Schluchzen schüttelte ihren Körper, und die Welt um sie herum löste sich auf. Mit klammen Fingern erfassten die Schuldgefühle ihr Herz.

„Caro?", hörte sie eine leise Stimme, spürte dann eine Hand, die ihr zitternd über den Kopf strich. „Du bist gekommen?"

Mit tränenverhangenem Blick sah Caro auf und in das Gesicht ihrer Oma, die sie ansah. „Tut mir leid", stammelte sie und verstohlen wischte sie sich mit dem Ärmel ihres Pullovers die Tränen aus den Augen. Sie war dankbar, dass ihre Mutter den Anstand besessen hatte, sie zunächst alleine herkommen zu lassen.

„Was ist denn los, mein kleiner Schmetterling?" Die Stimme ihrer Großmutter war kaum mehr als ein Krächzen und fuhr dennoch heiß in Caro.

Mein kleiner Schmetterling. So hatte ihre Oma Caro genannt, so lange sie denken konnte. Irgendwann, sie mochte vier oder fünf Jahre alt gewesen sein, hatte sie Agatha danach gefragt. Sie erinnerte sich daran, als wäre es gestern gewesen. Sie saß auf Agathas Schoß, der Großmutter zugewandt, und die hatte den Kopf schief gelegt und sie angelächelt. „Ganz einfach, meine Enkelin", hatte sie gesagt und Caro sanft über den Kopf gestrichen. „Schmetterlinge sind für mich die fröhlichsten und schönsten Wesen auf dieser Erde, einzig dazu geschaffen, uns zu erfreuen. Und ebenso ist es mit dir."

Damals hatte Caro nicht die gesamte Äußerung verstanden, aber sehr wohl den Ton, mit dem Agatha diese aussprach, und wie sie sie danach an sich gedrückt hatte. Die Umarmungen ihrer Großmutter hatten sie stets durchdrungen, als würde Agatha ihre Seele umfassen und an ihr gütiges Herz führen.

Die Tränen kullerten jetzt Caros Wangen hinab. Ein unablässiger Strom, der auch den letzten Rest mühsam aufrechterhaltener Fassung fortspülte. Caro barg das Gesicht in den weißen Stoff der Decke neben ihrer Großmutter und weinte. Zärtlich strich Agatha über Caros Kopf, ohne ein weiteres Wort zu sagen.

Innerhalb dieses kurzen Zusammentreffens hatten sich all die Punkte gezeigt, die Caro so eng an ihre Oma geschweißt hatten und mit ihrer Mutter entzweiten. Während die ihr Vorhaltungen machte, Caro als Kind für zu laut, unruhig und „wirbelig" gehalten hatte, liebte ihre Großmutter diese Eigenschaften. Und ebenso wusste Agatha, wann es Zeit war zu trösten und nicht mit Fragen, besser noch Ratschlägen, zu überfrachten.

Einfach den Gefühlen ihren Lauf zu lassen und getröstet zu werden, Caro wurde bewusst, wie sehr sie ihre Oma vermisst hatte. „Ich bin so froh, bei dir zu sein", stieß sie irgendwann hervor, als die Wogen aus Schluchzen und Tränen ein wenig abgeebbt waren.

„Ich auch." So geschwächt ihre Großmutter auch war, bislang war das Alter gnädig zu ihr gewesen, hatte es sie in den letzten Monaten umso stärker ausgemergelt. Doch ihren grünen Augen wohnte immer noch der wache Geist inne, der Caro so faszinierte.

Um ein Haar hätte sie das erneut heulen lassen, doch sie rang den Affekt nieder. Du musst jetzt stark sein!, sagte sie sich. „Oma. Weißt du noch, was geschehen ist?"

Agatha hob die Mundwinkel zu einem verlegenen Lächeln. „Mir ist bewusst, dass ich etwas klapprig geworden bin. Da glaubt man, dem Alter ein Schnippchen schlagen zu können und wird als törichter Tölpel entlarvt. Geschieht mir wohl ganz recht."

„Sag so was nicht."

„Mein kleiner Schmetterling. Deine Oma ist alt und akzeptiert das auch."

„Wie geht es dir?" Caro nahm Agathas Hand in ihre.

„Besser." Agatha schluckte trocken.

„Möchtest du etwas trinken?" Caro stand auf, schenkte Wasser aus einer Flasche auf dem Nachttisch in ein Glas, das sie ihrer Großmutter reichte. „Warte, ich richte dich etwas auf." Mit der Bettfernbedienung ließ sich das Kopfteil heben. Eine Tätigkeit, die Caro einen Sekundenbruchteil in das Gefühl katapultierte, wieder in ihrem alten Beruf zu sein.

Mit beiden Händen ergriff Agatha das Glas und verschluckte sich nach wenigen Schlucken, woraufhin Caro es ihr abnahm und ihr vorsichtig auf den Rücken klopfte.

„Geht schon wieder", sagte ihre Großmutter keuchend. „Siehst du, wie ungeschickt deine Oma ist?"

„Das kann jedem passieren."

„Mein kleiner Schmetterling. Ich weiß, du meinst es gut. Aber wir müssen der Tatsache ins Auge blicken." Dieses Mal fasste Agatha Caros Hand.

Die Rollen sind vertauscht, dachte Caro. Selbst in ihrem geschwächten Zustand behielt ihre Großmutter die Führung.

„Dass ich nicht zurück in mein Haus kann, weiß ich. Und auch, dass du mir genau das sagen möchtest, und es dir schwerfällt." Sie küsste Caros Hand. „Auch dafür liebe ich dich, mein kleiner Schmetterling. Mach dir keine Sorgen, ich wusste, dass dieser Tag kommen würde."

Ein weiteres Mal drohten Rührung und Trauer Caro zu überwältigen. Sie biss die Zähne zusammen, schluckte trotzig gegen den brennenden Kloß in ihrer Kehle an, bis sie wieder sprechen konnte. „Ich habe dir damals versprochen ..." Ihre Stimme brach, und die Tränen ließen sich nicht mehr wegblinzeln.

Agatha drückte ihre Hand. „Mein kleiner Schmetterling. Ich habe mein Leben gelebt und hatte dank dir so viele wunderbare Jahre. Aber du hast noch so vieles vor dir und warst mutig genug, dich für dein Glück zu entscheiden. Dafür darfst du dich niemals schämen."

„Aber", Caro schniefte, „ich habe dir versprochen, dass du in deinem Haus bleiben kannst."

„Mein liebes Kind, das war sehr lieb von dir, aber das ist ein unmögliches Versprechen. So viele Dinge liegen nicht in unserer Hand.“

Der Strom der Tränen floss spärlicher, und Caro nickte zögerlich.

„Dort müsste ein Taschentuch sein.“ Mit der freien Hand deutete Agatha zum Nachttisch, und Caro musste lächeln. Ihre Großmutter würde nie aufhören, sich um ihre Enkelin zu kümmern.

Caro entdeckte die Packung, zog eines heraus und trocknete ihre Wangen. „Wir werden eine Einrichtung finden, die dir gefällt. Mit einem großen Garten, damit du spazieren gehen kannst und deinen geliebten Garten nicht so sehr vermisst.“

„Das wäre schön.“ Agatha räusperte sich. „Jetzt erzähl mal. Wie ist es auf Mallorca? So, wie du es dir gewünscht hast?“

Sogleich meldete sich Caros schlechtes Gewissen, dass sie sich bei ihrer Großmutter nicht schon früher gemeldet hatte. Zu spät, daran etwas zu ändern. Was sie aber tun konnte, war, ihrer Großmutter einen Einblick in das neue Leben zu gewähren und sie damit zumindest gedanklich aus der Tristesse des Krankenhausalltags zu entführen.

Und so erzählte Caro von Anfang an. Milderte die ein oder andere Katastrophe, die mittlerweile geklärt war, ab, insbesondere Daniels Verschwinden, indem sie hervorhob, wie viel besser sie ohne ihren Ex-Freund dran war. Was nicht gelogen war. Schließlich hatte Daniel sie Energie gekostet, und erst mit Abstand, in der Retrospektive, wurde ihr das Ausmaß bewusst.

„Ich kann dir Fotos zeigen." Caro zog ihr Smartphone aus der Tasche und präsentierte ihrer Großmutter die Bilder.

Als sie die Aufnahme vom Ausblick von der Terrasse erreichte, riss Agatha die Augen auf. „Kind, das ist ja ein Traum!", rief sie mit erstaunlich kräftiger Stimme aus, die deutlich machte, wie begeistert sie war.

Es war dieser Moment, in dem Caro wusste, welche die einzig richtige Zukunft für ihre geliebte Großmutter war.

24

„Das kann unmöglich dein Ernst sein!“

„Ist es aber, Mama.“ Caro hielt dem Blick ihrer Mutter stand. „Selten war mir etwas so ernst wie diese Entscheidung.“

„Wie hast du dir das denn vorgestellt? Hast du dir überhaupt irgendwelche Gedanken darüber gemacht, wie es zu realisieren ist, oder wieder einmal Luftschlösser gebaut?“

Caro ballte die Hände zu Fäusten, zwang sich dann, die Finger zu entspannen. Nicht auf diese Provokation eingehen! Zumal inhaltlich zutraf, was ihre Mutter gesagt hatte, denn um die Formalien musste sie sich natürlich kümmern, um in Erfahrung zu bringen, wie alles zu bewerkstelligen war. Nur das zählte. Die andere Frage traute sie sich nicht zu stellen: Ob es überhaupt möglich war. „Die Villa Caro ist kein Luftschloss. Das Hotel ist ausgebucht und die Gäste zufrieden.“ Sie stemmte die Hände in die Hüften. „Aber ich werde und muss mich nicht rechtfertigen. Du hast auf eine schnelle Lösung gedrängt, und ich habe gesagt, dass ich eine finde.“

Ihre Mutter zuckte zusammen. „Du weißt also, was du tust und worauf du dich einlässt?“

Caros Augen funkelten sie angriffslustig an. „Mehr als das – ich bin überzeugt davon, dass es genau so kommen sollte." Es tat gut, das auszusprechen, nicht nur, weil ihre Mutter erneut zusammenfuhr, als habe sie einen Schlag Caros abbekommen, sondern da es zutraf.

„Na, dann." Ihre Mutter warf die Hände in die Luft. „Können wir ja alle froh sein."

„Ich bin es in jedem Fall", entgegnete Caro. „Ich würde dann noch einmal in die Klinik fahren. Darf ich dein Auto nehmen?"

„Tu, was du nicht lassen kannst."

Caro ahnte, dass diese Äußerung ihrer Mutter sich eher auf das zuvor Angesprochene bezog, kommentierte das jedoch nicht weiter. Sie verließ die Küche, nahm den Autoschlüssel vom Haken im Flur und ging aus dem Haus.

Nachdem sie im Krankenhaus den Entschluss gefasst hatte, ihre Oma Agatha zu sich nach Mallorca zu holen, hatte sie sich schnell von ihr verabschiedet, um die Entscheidung ihrer Mutter zu verkünden. Dabei hatte sie verheimlicht, dass ihre Großmutter noch gar nichts davon wusste, und theoretisch die Möglichkeit bestand, dass sie nicht auswandern wollte. Ein Punkt, den Caro zuvor hatte fortwischen können. Jetzt aber, hinter dem Steuer des übertrieben großen SUV ihrer Mutter, gelang ihr das kein weiteres Mal.

Du musst ihr ohnehin die Wahl lassen. Immerhin ist es ihr Leben, sagte sie sich, während sie die Landstraße entlangfuhr, und die Ackerflächen, die sich rechts und links erstreckten und die bereits erstes Grün zeigten, betrachtete. Sie hoffte, dass Agatha sich dafür entscheiden würde, nicht nur, weil sie sie gerne in ihrer Nähe hätte, sondern da sie fest daran glaubte, dass die Insel auch ihr guttun würde.

Immer wieder beobachtete sie ältere Menschen, die an der Promenade spazierten, sogar im Meer schwimmen gingen, und die meist ausgelassen miteinander schwatzten. Wäre es nicht ungleich schöner, ihrer Oma dieses Leben bieten zu können als in einem Altenheim? Selbst wenn man sich dort Mühe gab?

Einige Runden musste sie über den Klinikparkplatz drehen, um einen geeigneten Stellplatz zu finden, was an der absurden Größe des Autos ihrer Mutter lag. Warum eine einzelne Person ein derartiges Monstrum benötigte, war Caro schleierhaft, und sie hatte ihre Mutter bereits mehrfach darauf angesprochen. Doch gegen den Wunsch ihrer Mutter, gerne hoch sitzen zu wollen, um einen besseren Überblick zu haben, kam sie nicht an.

Noch beim Betreten der Klinik schüttelte sie den Kopf, angesichts solcher Arroganz für die Umwelt, aber die war ihrer Erzeugerin noch nie wichtig gewesen. Seltsam, dass der Apfel manchmal doch so weit vom Stamm fällt, dachte Caro. Als wäre er an einem ganz anderen Baum gereift.

Sie nahm die Treppe in den zweiten Stock, erreichte die unfallchirurgische Station, grüßte den diensthabenden Pfleger, denselben wie bei ihrem letzten Besuch, und trat in das Zimmer ihrer Großmutter. Die war eingeschlummert, so dass Caro sich neben das Bett setzte und ihr Handy aus der Tasche holte.

Sie durchforstete das Internet und war froh, zumindest auf den ersten Blick keine Schwierigkeiten zu entdecken, wollte ein Rentner nach Mallorca auswandern.

Da mit Spanien ein gegenseitiges Sozialversicherungs-
abkommen bestand, übernahm die deutsche Kranken-
versicherung die Behandlung auch auf der Insel. Ihre
Rente konnte Oma Agatha natürlich weiter beziehen.
Und wenn sie ihr Haus in Deutschland verkauften,
würden sie sicherlich eine Wohnung in Palmanova für
den Erlös erwerben können.

„Wie lange …“ Die Stimme ihrer Großmutter ging in
Husten unter.

„Hier. Etwas Wasser.“ Caro half Agatha in eine aufrechtere Position, so dass sie einige Schlucke trinken
konnte.

„Danke“, sagte ihre Oma, und Caro war froh, dass sich
das Keuchen gelegt hatte. „Wie lange bist du schon wieder da?“

„Noch nicht lange. Zwanzig Minuten vielleicht.“ Sie
nahm Agathas Hand in ihre. „Oma, ich habe mir Gedanken gemacht, wie es für dich weitergehen kann. Aber
natürlich musst du das entscheiden.“ Der Blick ihrer
Großmutter ruhte auf Caro, so dass die ihre Lippen be-
feuchtete, um weiterzusprechen. „Würdest du zu mir
ziehen wollen? Nach Mallorca?“ Wie aufgewirbelter
Staub schwebten ihre Worte in der Luft und schienen
wie dieser für ihre Großmutter nicht greifbar zu sein.
Denn sie starrte Caro wortlos an.

Dann räusperte sich Agatha. „Du hast diese Entscheidung getroffen, weil du das ebenso möchtest und nicht,
weil du dich mir gegenüber verpflichtet fühlst?“

„Ich werde mich dir gegenüber immer verpflichtet
fühlen, Oma.“

„Aber das musst du nicht.“

„Lass uns nicht darüber diskutieren.“ Caro rückte ein wenig näher an ihre Großmutter heran. „Mir ist klar, was du meinst, und um deine Frage zu beantworten: Ich glaube nicht nur, dass du dich auf der Insel sehr wohl fühlen würdest, sondern weiß auch, dass es mir gut tun würde, dich in meiner Nähe zu haben.“

Agatha sah sie prüfend an, und Caro fühlte sich zurückversetzt in Kindertage, wenn sie etwas angestellt und ihrer Oma eine Lüge aufgetischt hatte. „Mein kleiner Schmetterling, damit ...“ Sie schlang die Arme um ihre Enkelin und zog sie an sich. „Danke“, flüsterte sie mit bebender Stimme.

Caro strich ihr über den Kopf und kämpfte ihrerseits mit den Tränen. Ihre Großmutter nötigte ihr erneut Respekt ab. Während oft behauptet wurde, dass ein alter Baum sich nicht mehr verpflanzen ließ und somit betagten Menschen sogar eine gewisse Engstirnigkeit zugebilligt wurde, hatte ihre Oma sich stets Entwicklungen angepasst. In ihrem Alter einer derartigen Veränderung zuzustimmen – wer würde das tun?

Irgendwann lösten sie sich voneinander. Der Blick ihrer Großmutter ruhte auf Caro, während die langsam den Kopf schüttelte, als könne sie nicht glauben, was sie vor wenigen Minuten beschlossen hatten.

„Ich werde mit den Ärzten sprechen. Es ist ohnehin vorgesehen, dass du in eine Reha-Klinik gehst, um wieder auf die Beine zu kommen. Das gibt uns Zeit – mir – die Angelegenheiten zu regeln.“

Agatha streichelte Caros Schulter. „Schaffst du das denn alles? Du hast doch mit dem Hotel ohnehin schon viel um die Ohren.“

Caro lächelte. „Mach dir keine Sorgen, das klappt schon. Du musst das Haus verkaufen, das können wir einem Makler übergeben. Dann müssen wir natürlich noch deine Sachen durchgehen, also, was du mitnehmen möchtest." Sie zwang sich dazu, das Lächeln beizubehalten, obwohl ihre eigenen Worte für Rumoren ihres Magens sorgten, denn erst nach und nach wurde ihr die Dimension dessen bewusst, was sie stemmen musste. Und ihre Oma hatte recht, sie hatte das Hotel, das nicht gerade wenig Arbeit bedeutete.

Der Blick in die Augen Agathas jedoch ließ den Kampfgeist in ihr erwachen. Sie würde das schaffen, musste das schaffen! „Normalerweise wäre ich noch fünf Tage geblieben, würde den Flug aber umbuchen und schon übermorgen zurückfliegen. Du bist ja erst mal gut aufgehoben. Und ich kann schon einiges auf Mallorca erledigen."

„Natürlich, mein liebes Kind. Deine Zeit, und was du zu erledigen hast, ist maßgeblich." Agatha schluckte. „Ich hoffe nur, dass es nicht zu viel für dich wird. Kann ich dir nicht irgendetwas abnehmen? Schließlich bin ich ja nicht vollkommen kaputt."

Das brachte Caro zum Grinsen, denn es war eine Umschreibung, die ihre Großmutter gerne nutzte, wenn sie darauf hinwies, bei etwas helfen zu können. „Das kannst du in der Tat. Ich suche Telefonnummern von Maklern heraus, und du kannst einen auswählen für das Haus. Vielleicht sogar schon mit ihm sprechen und alles in die Wege leiten?" Mute ich ihr damit zu viel zu, fragte sich Caro im selben Moment, doch der freudige Blick ihrer Oma verriet ihr, dass sie es zumindest versuchen sollten. Was hatte sie schon zu verlieren?

25

„Und es ist wirklich alles in Ordnung?“ Caro rieb sich die Augen. Nach dem langen Tag war sie erschöpft, wollte aber unbedingt noch hören, wie es auf Mallorca in der Villa Caro lief.

„Wie ich bereits sagte, alles gut. Musst dir keine Sorgen machen.“

Zu gerne hätte sie Benjamins Worten Glauben geschenkt, aber ein Ziehen in den Eingeweiden hinderte sie daran. „Wie sehen denn die Buchungen für nächste Woche aus?“

„Auswendig weiß ich das nicht, da müsste ich nachschauen. Kann ich aber machen, wenn du willst?“

„Nein, schon gut. Ich bin ja morgen schon wieder da.“ Eine Pause. „Morgen?“

Klang das alarmiert? Mit der freien Hand massierte sie die Schläfe. Sie musste aufhören, sich verrückt zu machen. „Ich habe den Aufenthalt ein wenig verkürzt.“

„Ist denn schon alles bei dir geregelt?“

„Ging alles zügiger als gedacht.“ Sie massierte sich die Schläfe. „Ich lande am frühen Nachmittag. Kannst du mich abholen? Ich maile dir meine Flugzeiten.“

„Öh ... ja, okay.“

„Oder passt es zeitlich nicht? Wenn gerade viel los ist, kann ich auch ein Taxi nehmen.“

„Nein, nein.“ Ein raschelndes Geräusch ertönte.

Weshalb hatte sie den Eindruck, dass sie Benjamin aus dem Konzept gebracht hatte? Schließlich kehrte sie nur drei Tage früher als geplant zurück. „Ist wirklich alles okay?", fragte sie.

„Hmm?" Er räusperte sich. „Natürlich. Was soll denn sein?"

„Du erscheinst überrascht?"

„Ich hole dich morgen ab. Kein Problem."

Sie verabschiedeten sich voneinander, und als Caro das Telefon vom Ohr nahm, blieb das Ziehen in der Magengegend. Doch es führte zu nichts, dem weiter nachzuspüren.

Stattdessen klappte sie ihr Laptop auf und suchte nach Maklern in der Gegend, deren Telefonnummern sie notierte, um sie morgen früh ihrer Großmutter vorbeizubringen, wenn sie sich von der verabschiedete. Ein Kampf widerstreitender Gefühle tobte in ihrem Inneren. Einerseits wollte sie so schnell wie möglich zurück, nicht nur, weil ihr Benjamins Verhalten seltsam erschien, andererseits plagte sie erneut das schlechte Gewissen, dass sie ihre Großmutter ein weiteres Mal allein ließ.

Schon früher hatte sie sich in angespannter Stimmung am liebsten in die Arbeit gestürzt. Untätigkeit war der schlimmste Zustand für sie. So rief sie die Krankenkasse ihrer Großmutter an, um sich bezüglich der Absicherung auf Mallorca rückzuversichern. Anschließend war es zu spät, um bei der Rentenversicherung jemanden zu erreichen, so dass sie eine Mail schrieb.

Es war sieben Uhr. Ungewöhnlich, dass ihre Mutter noch nicht nach ihr gerufen hatte, um zu fragen, wann sie zu Abend essen wollten. Wahrscheinlich war sie noch böse, und Caro wollte nicht zu Kreuze kriechen. Doch im Ärger sollte sie morgen nicht nach Mallorca zurückfliegen. Trotz aller Differenzen und Streitereien liebte sie ihre Mutter, die es im Grunde nur gut meinte, meist aber die falschen Worte wählte.

Sie erhob sich, löste vor dem Spiegel das Haargummi und kämmte mit den Fingern ihr dunkelblondes Haar durch. „Lass dich nicht provozieren, und denk daran, dass sie nicht aus ihrer Haut kann", sagte sie zu ihrem Spiegelbild. Wie oft hatte sie das als Jugendliche getan? Der Spiegel-Caro hatte sie vieles anvertraut und Ratschläge gegeben, die die reale Caro meist nicht eingehalten hatte.

Sie öffnete die Zimmertür und ging zur Treppe, deren Stufen sie ins Erdgeschoss führten. Wie erwartet, stand ihre Mutter in der Küche und hielt ein Weinglas in den Händen. „Möchtest du etwas mit mir essen gehen? Oder sollen wir bestellen?", fragte Caro.

Das Gesicht ihrer Mutter spiegelte den gleichen Kampf, den auch Caro mit sich ausgefochten hatte: Am Streit festhalten oder den Ärger herunterschlucken, um zum Abschluss noch einige angenehme Stunden miteinander verbringen zu können. „Wir können gerne etwas essen gehen. Was hältst von Piero?"

„Gerne." Caro mochte das italienische Restaurant, das nur einen Fußmarsch vom Haus ihrer Mutter entfernt lag, und bei dem sie bereits Stammkunden waren, als Caro Abitur machte.

Glücklicherweise ließ die Witterung zu, dass sie den Weg durch die Felder gehen konnten. Für den Rückweg wollten sie sich ein Taxi rufen.

Anfangs liefen sie wortlos nebeneinander her, aber Caro war klar, dass sie das Thema ansprechen musste, um zu einer nachhaltigen Lösung zu finden, für die sie auch die Mithilfe ihrer Mutter benötigte. „Mir ist bewusst, dass es ein gewaltiger Schritt ist und die Entscheidung sehr plötzlich kam." Sie warf ihrer Mutter einen Seitenblick zu, erkannte das Hervortreten der Kaumuskulatur, als diese die Zähne zusammenbiss. Besser als eine ärgerliche Antwort, entschied Caro und fuhr daher fort: „Überleg mal, was für einen Lebensabend wir Oma damit bereiten können. Und auch ich wäre froh, ein wenig Familie auf der Insel zu haben." Sie hielt die Luft an, denn der letzte Satz barg ein gewisses Risiko. Caro erwartete den bekannten Vortrag ihrer Mutter, dass es schließlich ihre Idee gewesen sei, nach Mallorca auszuwandern, und sie hier in Deutschland Familie habe.

„Es ist ein mutiges, aber auch sehr schönes Vorhaben", sagte ihre Mutter und überraschte Caro damit. „Ich weiß nur nicht, wie du das alles schaffen willst. Mit dem Hotel hast du doch alle Hände voll zu tun."

Darauf wollte Caro etwas erwidern, doch wirklich gute Argumente, die dem Standpunkt ihrer Mutter widersprachen, konnte sie nicht liefern. Daher schwieg sie.

„Du musst das wirklich gut durchdenken. Mit allen Konsequenzen, Fallstricken und Aufgaben, die anfallen."

„Du hast recht", sagte Caro, und der Gesichtsausdruck ihrer Mutter verriet ihr, dass dieses Mal sie das Überraschungsmoment auf ihrer Seite hatte. „Es ist nur ..." Caro seufzte. „Es ist ein völlig anderes Leben dort.

Besonders für ältere Menschen. Agatha wird dort eine Lebensqualität haben, die man ihr hier nicht bieten kann."

„Und die medizinische Versorgung?"

„In Deutschland herrscht immer noch die völlig unsinnige Vorstellung, dass Mallorca in dem Punkt rückständig ist wie auch in anderen Dingen. Fakt ist aber, dass man dort nahezu überall weiter ist. Die medizinische Versorgung ist mindestens genauso gut."

„Aus eigener Erfahrung weißt du das aber nicht. Und ebenso weißt du nicht aus erster Hand, wie es einem älteren Menschen dort geht. Besonders, wenn er Gebrechen hat. Was ist, wenn deine Großmutter erneut stürzt? Oder eine andere Erkrankung hinzukommt?"

Sie erreichten das Restaurant und traten ein, während die Fragen ihrer Mutter zwischen ihnen in der Luft hingen wie eine unheilvolle Ahnung.

Du weißt, dass sie auch damit richtig liegt, sagte sich Caro. Der messerscharfe Verstand ihrer Mutter spürte stets die Schwachpunkte auf und legte den Finger in die Wunde. Schon als Kind hatte Caro das gehasst, vor allem, da sich die Bedenken meist bewahrheitet hatten. Würde das auch hier der Fall sein?

Die freundliche blonde Bedienung, die ihre Mutter kannte, wies ihnen einen Zweiertisch am Fenster zu, und Caro war froh, dass durch die Getränke- und Essensbestellung das Gespräch zunächst unterbrochen war. Sie bestellte eine Pizza mit Thunfisch – sie liebte die Pizza hier, wobei sämtliche Gerichte schlichtweg großartig waren.

Nachdem die Bedienung den Weißwein serviert hatte, beschloss Caro, den Gesprächsfaden wieder aufzunehmen. „Ich sage nicht, dass deine Einwände nicht berechtigt sind, aber sollte ich es nicht zumindest versuchen?" Sie drehte das Weinglas zwischen ihren Fingern. „Du wirst sagen, dass ich ein skrupelloser Mensch bin, wenn ich das sage, obwohl ich genau das Gegenteil meine." Sie räusperte sich. „Wir wissen beide, dass Omas Zeit abläuft. Wäre es da nicht umso wichtiger, dass sie die an einem Ort verbringt, der ein Paradies ist, in meiner Gesellschaft?"

Ihre Mutter hob ihr Weinglas, nahm einen Schluck, dann einen Weiteren. „Ich weiß es nicht, Caro." Sie stellte das Glas auf dem Tisch ab und sah ihrer Tochter in die Augen. „Ich habe dir nie gesagt, dass ich Respekt vor deinem Mut hatte und habe. Das einfach durchzuziehen. Die Zelte abzubrechen, um woanders neu anzufangen. Ich weiß, dass ich dir zu viel herumnörgele, und wahrscheinlich hast du recht, auch wenn ich es gut meine." Sie betrachtete ihre Hände. „Dabei geht wohl vieles unter. Vor allem die positiven Worte, die ich dir sagen sollte." Ihr Blick fand Caros. „Was du dir in den Kopf gesetzt hast, schaffst du auch. Das war schon als Kind so. Je größer die Widerstände waren, desto dickschädeliger wurdest du. Wie gesagt, ich kann dir nicht sagen, ob es die richtige Entscheidung ist, was ich aber weiß, ist, dass du einen Weg finden wirst, wenn du sie getroffen hast."

Der Blick verschwamm Caro. „Das ist das Liebste, was du jemals zu mir gesagt hast."

„Sei nicht albern", sagte ihre Mutter, und ein Lächeln umspielte ihre Mundwinkel. „Oder bin ich tatsächlich so sparsam mit meinem Lob?"

„Es gehört nicht zu dem, was du großzügig ausschüttest.“

„Umso mehr kannst du dir sicher sein, dass ich es ernst meine.“

„Danke.“ Caro erhob ihr Weinglas. „Das ist doch etwas, worauf wir anstoßen können.“

Während des Essens erzählte Caro ihrer Mutter von der Renovierung des Hotels, erwähnte sogar Juan und Benjamin, jedoch ohne ins Detail zu gehen. Sie war gebranntes Kind und wusste, wie zügig die harmonische Stimmung mit ihrer Mutter umschlagen konnte.

„Ich werde dir helfen“, sagte ihre Mutter, nachdem sie den letzten Schluck Wein aus ihrem Glas genommen hatte. „Falls du das möchtest.“

Einen Augenblick blieb Caro stumm. Tatsächlich hatte es ihr die Sprache verschlagen. Sie räusperte sich. „Das wäre toll! Ganz ehrlich? Das wäre sogar großartig. Ich kann jede Hilfe brauchen und weiß, dass ich mich auf dich verlassen kann.“

„Dann haben wir noch etwas, worauf wir anstoßen können.“ Ihre Mutter hob die Hand, um die Bedienung zu rufen. „Du auch noch ein Glas?“

„Gerne.“

26

„Mama wird sich dann mit dir um die weiteren Schritte kümmern, und wir drei bleiben natürlich in Kontakt." Caro drückte die Hand ihrer Oma und sah ihre Mutter an, die freundlich lächelte.

Zu Caros Freude hatte ihre Mutter auch am heutigen Tag, nach dem gestrigen Gespräch beim Italiener, ihre Aufgeschlossenheit beibehalten. Zudem wusste Caro, dass ihre Mutter einhielt, was sie zugesagt hatte. Und zu wissen, dass sich jemand in Deutschland um die Angelegenheiten kümmerte, war eine unglaubliche Erleichterung.

„Dann muss ich jetzt leider los", sagte Caro mit Blick auf die Uhr.

„Ich komme dann später noch mal vorbei, und wir besprechen alles in Ruhe", sagte Caros Mutter zu Agatha.

Caro strich ihrer Oma über die Wange, gab ihr dann einen Kuss auf die Stirn. „Mama ist ja da, und ansonsten kannst du mich jederzeit anrufen."

„Das werde ich schön bleiben lassen, mein kleiner Schmetterling." Ihre Großmutter berührte sie an der Schulter. „Wir wollen ja nicht, dass deine schönen Flügel vom vielen Umherflattern Schaden nehmen."

Caro lächelte und umarmte ihre Oma ein letztes Mal, bevor sie mit ihrer Mutter das Zimmer verließ. „Wenn es zu viel wird oder ihr bei irgendetwas Hilfe braucht ..."

„Caro. Kind." Ihre Mutter, die neben Caro ging, legte ihr den Arm um die Schultern. „Was haben zwei Rentnerinnen schon groß zu tun, außer Eigenarten kultivieren und dem nächsten Bingo-Abend entgegenzufiebern." Sie lachte, und Caro stimmte ein.

Sie erreichten den Haupteingang, durch den sie das Gebäude verließen. Der Himmel zeigte das typische Deutschlandgrau. Wenigstens regnet es nicht, dachte Caro und freute sich sogleich darauf, bald wieder Inselboden zu betreten. Zwar war das Wetter auf Mallorca zu dieser Jahreszeit auch nicht immer sonnig, aber ein bewölkter Himmel hielt meist nur Stunden, höchstens Tage an und nicht wie in ihrem Heimatland Wochen.

„Wer weiß. Vielleicht verkaufe ich das Haus ebenfalls und ziehe auch zu dir nach Mallorca", sagte ihre Mutter, als sie ins Auto gestiegen waren. Das machte Caro sprachlos. Gerade als ihr bewusst wurde, dass dies ein falsches Signal in Richtung ihrer Mutter sandte, begann diese zu lachen. „Mach dir keine Sorgen. Du weißt, dass ich an meiner Heimat hänge. So wie du alles zurücklassen, das kann ich nicht."

Caro zuckte mit den Schultern. „Im Grunde ist das gar nicht so viel, wie man immer denkt. Letztlich kommt es auf die Menschen an, und die, die einem wichtig sind, bleiben, weil man den Kontakt aufrecht hält."

„Dennoch ist es schwieriger, wenn ein Meer und viele tausend Kilometer dazwischen liegen."

„Stimmt schon." Caro kratzte sich an der Nase. „Ist vielleicht eine Generationenfrage. Nicht falsch verstehen." Sie grinste ihre Mutter an.

„Wie sollte ich das falsch verstehen?", fragte ihre Mutter, lächelte aber ebenfalls.

„Ich meinte auch eher, dass es in meiner Generation verbreiteter ist, dass Freunde über das Land, manchmal sogar verschiedene Länder verstreut sind. Erinnerst du dich an Toni und Alice?"

„Natürlich."

„Die sind ja vor ein paar Jahren nach Schweden gezogen."

„Und? Hast du noch Kontakt?" Ihre Mutter setzte den Blinker, um links abzubiegen.

„Nein."

„Ich möchte jetzt nicht wieder sagen, dass ich genau das gemeint habe, und es vorherzusehen war."

„Das ist es auch nicht." Caro sah aus dem Beifahrerfenster. „Zu Toni hatte ich nie einen guten Draht, und Alice war zwar meine Freundin, aber sie hat sich seit ihrer Beziehung zu Toni verändert. Der Umzug hat nur etwas besiegelt, was vorher schon im Umbruch war." Caro war froh, dass ihre Mutter das nicht weiter kommentierte. Sicherlich aus Rücksicht. Denn natürlich erinnerte sie sich noch an Alice, die vor ihrem Umzug Caros beste Freundin gewesen war. Dennoch stimmte, was Caro gesagt hatte. Das Band ihrer Freundschaft war schon porös gewesen, bevor es zerriss.

Den weiteren Weg bis zum Flughafen legten sie schweigend zurück. In Gedanken war Caro bei ihrer Großmutter, aber auch Alice und der Frage, was aus ihr geworden war, und ob sie sich noch mal bei ihr melden sollte.

Zum Abschied umarmte sie ihre Mutter. „Und du kommst wirklich zurecht, und es wird dir nicht zu viel?“

„Mein Schatz, mach dir um mich keine Gedanken. Steck deine Energie in dein neues Leben und die Vorbereitungen für Agatha, und wir halten einander auf dem Laufenden.“

Caro legte den Kopf schief. „Wer sind Sie, und was haben Sie mit meiner Mutter gemacht?“ Ein Lächeln umspielte ihre Mundwinkel.

„Vielleicht ist mir etwas klar geworden“, entgegnete ihre Mutter. „Ich habe nicht so einen engen Draht zu Agatha wie du, aber ihr Unfall hat mir gezeigt, wie schnell sich die Dinge ändern können.“

„Sie ist aber auch um einige Jahre älter als du.“

„Stimmt schon. Dennoch.“ Sie streichelte Caro über die Schulter. „Es wird Zeit, deine Entscheidung zu akzeptieren, und dass ich wirklich hinter dir stehe.“ Sie blickte zu Boden, dann wieder in Caros Augen. „Zumindest versuche ich das.“

Eine Woge der Zuneigung durchfloss Caro, und sie umarmte ihre Mutter erneut, dieses Mal fester. „Danke! Du ahnst nicht, was mir das bedeutet.“ Sie erfasste den Griff ihres Koffers. „Und falls der Gedanke, nach Mallorca auszuwandern, konkret wird, finden wir auch da einen Weg.“

„Das bedeutet mir wiederum viel. Aber du weißt, dass ich eine deutsche Eiche bin. Nicht nur unbeugsam, sondern auch tief hier verwurzelt.“ Das sich anschließende Lächeln wirkte traurig auf Caro. „Soll ich dir mit dem Koffer helfen? Ich könnte das Auto im Parkhaus abstellen.“

„Lieb, aber nicht nötig."

„Also dann." Ihre Mutter hob die Hand zum Abschiedsgruß, den Caro erwiderte, bevor sie sich abwandte, um das Flughafengebäude zu betreten.

Wie schnell sich Dinge ändern können, dachte Caro. Noch bis gestern Abend hatte sie geglaubt, froh zu sein, sich von ihrer Mutter verabschieden zu können, und nun steckte die Trauer zum Kloß geballt in ihrer Kehle und ließ sich nicht herunterschlucken.

Im Gebäude herrschte reges Treiben, was sie als junge Frau gemocht hatte. All das Kommen und Gehen, die Menschen, die zu weiten Zielen aufbrachen. Ein Flughafen war für sie das Tor zu anderen Welten gewesen. Dieser Eindruck hatte sich in den letzten Jahren nach und nach verflüchtigt, um sich in das Gegenteil zu verkehren. Mittlerweile missfielen ihr die Hektik, die umherdrängenden Menschen und der Lärm, der sie von allen Seiten bestürmte.

Dennoch hielt sie durch, bis sie vor dem Gate auf einen Sitzplatz sank. Das Smartphone in der Hand, konnte sie sich nicht entscheiden, ob sie Benjamin anrufen sollte. Der Verstand sagte ihr, dass es Quatsch sei, schließlich sahen sie einander in wenigen Stunden, ihr Bauch aber meldete sich rumorend zu Wort, weiterhin ohne dass sie hätte festmachen können, weshalb.

Schließlich entschied sie, ihrem Verstand zu folgen, und rief ihre Mails auf. Sie fand die letzte Nachricht der Maklerin, die ihr die Villa vermittelt hatte, und tippte auf „antworten". Sie schrieb Antonia von ihrer Großmutter und dass sie nun eine Bleibe für sie beide auf Mallorca benötigte, und kurz nachdem sie auf „senden" tippte, begann das Boarding.

27

Jetzt mach dich nicht verrückt! Einfacher gesagt als getan. Denn schon vom Moment an, als Benjamin sie abholte, beobachtete sie jede seiner Regungen genau, erahnte dahinter etwas. Aber was? „Und die Gäste sind zufrieden?", fragte sie, in der Hoffnung, damit die Anspannung zu lösen, die sich im Auto zwischen ihnen anstaute.

„Warum fragst du das immer wieder?" Er lächelte zwar, doch da war dieser Unterton.

„Mein Hotel. Gerade erst eröffnet." Sie fasste den Griff oberhalb des Beifahrerfensters, um sich in eine aufrechtere Position zu hieven. „Nur zwei Punkte von vielen."

„Hmm. Wohl verständlich."

Sie zögerte. Soll ich darauf eingehen? Ihn fragen, was das bitte für eine Antwort sein soll? Nein!, entschied sie. Es war nicht mehr weit bis Palmanova und unnötig, auf den letzten Metern noch in einen Streit zu geraten. Gleich konnte sie sich selbst ein Bild machen.

Die Anspannung hatte sich nicht verflüchtigt, sondern verdichtete sich sogar. Wie eine Gewitterwolke, aus der sich jeden Augenblick ein Unwetter ergießen konnte. Was jedoch nicht geschah.

Noch im Ausrollen riss sie die Tür auf und sprang aus dem Wagen, als könne sie ihren Gefühlen entfliehen.

Was natürlich nicht gelang. Stattdessen erntete sie einen irritierten Blick Benjamins, als der den Wagen gestoppt hatte und seinerseits ausstieg. Obwohl sie sich damit bereits eigentümlich benahm, musste sie sich zwingen, den Weg zum Eingang in ruhigem Tempo zurückzulegen. Mittlerweile hatte ihr rumorender Bauch nämlich nahezu die Oberhand gewonnen und trieb sie zu weiterer Eile an. Ungeachtet des Eindrucks, den sie damit erweckte.

Als sie die Tür öffnete, breitete sich in ihr eine seltsame Mischung aus Erleichterung, aber auch Enttäuschung aus. Alles schien so zu sein, wie sie es verlassen hatte, was einzig Zufriedenheit in ihr auslösen sollte. Ihr Bauch aber schien das nicht zu akzeptieren und drang darauf, seine Bedenken bestätigt zu sehen.

„Läuft Felipes Kurs noch?“, fragte Caro mit Blick auf die Uhr.

„Der war schon zu Ende, bevor ich losgefahren bin.“

„Stimmt.“ Sie trat an den Rezeptionstresen, wobei sie tief durchatmete. Ihre diffuse Ahnung musste in die Schranken gewiesen werden, ließ sie die doch fahrig werden, was sie unbeholfen agieren ließ. Halt dich an die Fakten und kontrolliere alles in Ruhe. Sollte es Unstimmigkeiten geben, wirst du sie finden. „Dann mach Feierabend, Benjamin.“

„Du brauchst mich nicht mehr?“

„Sicherlich hast du in den letzten Tagen viel mehr Stunden hier verbracht als sonst. Und ich muss mir ohnehin selbst ein Bild machen.“

Mit der Hand massierte er seinen Nacken, während er nickte. „Okay.“ Unschlüssig sah er sich um, machte einen Schritt auf Caro zu, blieb dann stehen.

„Gibt es sonst noch etwas?", fragte sie.

„Alles gut. Wir sehen uns morgen."

Kaum hatte sie hinter der Theke Platz genommen, standen zwei Herren vor ihr. „Kann ich Ihnen helfen?", fragte sie.

„Das hoffen wir."

Sie bemerkte die irritierten Blicke. „Sie kennen mich noch nicht. Ich heiße Caro und bin die Eigentümerin." Nachdem sie sich erhoben hatte, trat sie neben den Tresen, um den Herren die Hand zu reichen.

„Deshalb der Name", sagte der Mann, der noch nicht gesprochen hatte. „Thomas und Peter Berger aus Zimmer zwei. Wir sind vorgestern angereist."

„Wir haben uns schon über den Namen gewundert", sagte der andere Mann, der Caro als Thomas vorgestellt wurde.

„Wir dachten nämlich, das Hotel wäre in Männerhand", sagte Peter.

Wie ein lauerndes Raubtier sprang Caros Ahnung aus der dunklen Ecke, in die sie sie verdrängt hatte, vor. „Was ließ Sie das glauben, wenn ich fragen darf?"

„Wir haben ja nur Benjamin kennengelernt", entgegnete Thomas.

Du reagierst über, sagte sie sich. Womöglich waren die beiden Herren einfach ewig Gestrige, die sich nicht vorstellen konnten, dass ein solcher Betrieb von einer Frau geführt wurde. Doch ein schaler Beigeschmack blieb. Oder hatte Benjamin sich wie der Chef aufgeführt?

„Und wie der gestern den anderen Herrn hier durch geführt hat, das wirkte, als gehöre ihm das Hotel", sagte Peter.

„Was hat Sie das glauben lassen?"

„Die Art, wie er aufgetreten ist. So selbstsicher und hat er das nicht sogar gesagt?", fragte Peter Thomas.

Der runzelte die Stirn. „Daran kann ich mich nicht erinnern."

„Sie haben noch einen anderen Herrn erwähnt?", fragte Caro Peter, und ihr rumorender Magen verkündete ihr damit, dass er genau das geahnt hatte.

„Graue Haare und Vollbart." Mit der Hand imitierte Thomas das Durchfahren eines Bartes am eigenen, glattrasierten Gesicht.

Etwas regte sich in ihr. Eine Erinnerung? Ihr war, als habe sie jemanden, auf den die Beschreibung passte, kürzlich gesehen. Fast hätte sie mit der Faust auf die Theke geschlagen, so schlagartig schoss ihr das Bild in den Kopf: Der Mann, der sie beobachtet hatte, als sie neulich zum Einkaufen fuhr!

Zusammenreißen!, raunte sie sich zu und brachte ihre Gesichtszüge schnell wieder unter Kontrolle. Einerseits durften die Gäste nichts merken, andererseits benötigte sie weitere Informationen. Noch wusste sie nicht, ob es sich um denselben Mann handelte, und was der wollte. „Jetzt verstehe ich!" Sie zwang sich zu einem Lächeln. „Das war nur ein anderer Mitarbeiter. Entschuldigen Sie das Missverständnis."

Thomas runzelte erneut die Stirn. „Auf mich hat das gewirkt wie eine Besichtigung."

„Es handelte sich um einen Kollegen, der demnächst neu bei uns beginnt." Sie zwang sich, das Lächeln beizubehalten.

Peter winkte ab. „Doch nicht dafür. Wir freuen uns, Sie jetzt kennenzulernen."

„Ebenfalls." Caro trat hinter den Tresen. „Was kann ich denn für Sie tun?"

Während sie den beiden Herren eine Restaurantempfehlung gab, überlegte Caro, was hier während ihrer Abwesenheit vorgefallen sein könnte. Nachdem Peter und Thomas sich verabschiedet hatten, ging Caro die E-Mail-Korrespondenz und die eingetroffene Post durch, doch ihr fiel nichts Ungewöhnliches auf. Ohnehin erschien schwer vorstellbar, dass Benjamin, falls er etwas im Schilde führte, nicht seine Spuren verwischt hatte. Aber was könnte das sein?

Caro stand auf, um eine Runde durch das Hotel zu machen. Auch in der Küche und auf der Terrasse war alles an seinem Platz. Obwohl sie nun über weitere Informationen verfügte, reichten die nicht aus, um ihren Verdacht zu stützen. Immerhin konnte das, was sie den Gästen erzählt hatte, zutreffen: Dass Benjamin das Haus einem Interessenten gezeigt hatte.

Doch das ungute Gefühl wollte nicht schweigen. Wem hatte Benjamin gestern die Villa gezeigt und warum? Sollte sie ihn anrufen, um das gleich zu klären?

Sie entschloss sich, bis morgen zu warten und das Thema in einer ruhigen Minute persönlich anzusprechen. Dann konnte sie auch sehen, wie er reagierte, was deutlich mehr verraten könnte, als einzig die Stimme durchs Telefon zu hören.

28

Normalerweise mochte sie diese Tage, an denen beständig etwas zu tun war. Heute aber blieb ihr dadurch keine Zeit, um das Gespräch mit Benjamin zu suchen. Erst kurz vor dessen Feierabend bot sich die Möglichkeit.

„Was ist los?“, fragte er, nachdem sie ihn in das kleine Büro hinter der Rezeption geführt hatte.

Das würde ich gerne wissen, hätte sie am liebsten gefragt, aber so durfte sie das Gespräch nicht angehen. „Gestern haben mir zwei Gäste erzählt, dass du einem Herrn das Hotel gezeigt hast?“

„Ach so.“ Er begann, sich den Nacken zu massieren, während er zu Boden blickte. „Das war nur ein Gast aus einem anderen Hotel, der überlegt, beim nächsten Mal hierher zu kommen.“ Er hob den Kopf und sah ihr einen Sekundenbruchteil in die Augen, bevor er wieder nach unten sah.

Und jetzt, fragte sie sich. Keine Ahnung, was sie erwartet hatte, aber wohl irgendwas, was weitere Nachfragen gerechtfertigt hätte. Selbst wenn er log, und seine Körpersprache drückte das aus, worauf sollte sie ihre Vermutung stützen? „Und?“, fragte sie.

„Und was?“ Immer noch bearbeitete seine Hand den Nacken.

„Konntest du ihn überzeugen? Den potenziellen Gast?"

„Ach so. Öh. Ja." Dieses Mal schien er sich zu zwingen, ihrem Blick standzuhalten.

Was verheimlichst du mir, fragte sie sich. Auch ihre Augen transportierten diese Botschaft, und als er die Arme vor der Brust verschränkte und von einem Bein auf das andere trat, war klar, dass sie angekommen war. „Du würdest mir doch sagen, wenn etwas Ungewöhnliches vorgefallen wäre?"

„Aber klar." Zu eifriges Nicken. „Aber da gibt es nichts. Wie ich dir bereits gesagt habe."

„Okay."

Er wandte sich zum Gehen.

„Benjamin?"

„Ja?"

„Dieser Interessent. Erinnerst du dich noch an den Namen?"

„Öh. Nein." Er fuhr sich durch das Haar. „Ist das wichtig?"

„Es ist nur, weil ich vor einigen Tagen jemanden getroffen habe, der sich das Hotel anschauen wollte, aber ich hatte keine Zeit."

„Tatsächlich?"

„Ich dachte, dass es vielleicht derselbe Mann war."

Er zuckte mit den Schultern. „Vielleicht."

„Ist schon seltsam."

„Was denn?" Er umfasste seinen Ellenbogen und betrachtete seine Schuhe.

„Dass er genau herkam, als ich nicht da war."

„Ja? Warum?" Er sah sie an und wirkte sicherer.

Dünnes Eis!, mahnte sie sich. Denn ihr Versuch, ihn aus der Deckung zu locken, konnte ihr jeden Augenblick um die Ohren fliegen. Denn es gab kein Argument, das dagegen sprach, dass es sich einfach um Zufall handelte. Nur ihre Intuition, die ihr sagte, dass dem nicht so war, die sie jedoch schlecht als Argument anführen konnte. „Vergiss es einfach", sagte sie und winkte ab. „Gut, dass du da warst, und vielen Dank noch mal, dass du mich so engagiert vertreten hast."

„Ist doch klar." Er nickte ihr zu, machte auf dem Absatz kehrt und war im nächsten Augenblick zur Tür hinaus, die er hinter sich schloss.

Du verbirgst definitiv etwas! Sie rieb sich das Kinn, während sie in dem kleinen Raum hin und her ging wie ein Tiger im Käfig. Nicht nur, dass sie im Grunde nichts Neues erfahren hatte, sie quälte die Besorgnis, die Situation verschlimmert zu haben. Wäre es nicht besser gewesen, Benjamin in dem Glauben zu lassen, dass sie nichts ahnte?

Wieder etwas, in dem sie nicht gut war, noch nie gewesen war. Bei ihrer ersten Stelle als Krankenschwester, die sie auf der internistischen Station angetreten hatte, wo sie das letzte Ausbildungsjahr absolvierte, war sie Opfer einer Intrige geworden. Mit ihr hatte nämlich eine weitere ehemalige Schwesternschülerin, namens Sina, begonnen, von der Caro sogar angenommen hatte, sie seien miteinander befreundet. Ein eklatanter Trugschluss, denn Sina hatte Caro von Anfang an im Kollegium schlecht gemacht, indem sie verbreitete, Caro sei faul und unorganisiert. Mit geschickt inszenierten Fehlern, die sie Caro in die Schuhe schob, hatte sie deren Situation unerträglich gemacht, dass Caro nach einem Jahr an eine andere Klinik wechselte.

Was nutzte das Gespür für eine Verschwörung, wenn man die nicht durch geschickte Fragen oder Aktionen aufdecken konnte? Wobei es ihr sicherlich nicht am Verstand mangelte, sondern an der Abgebrühtheit, mit der man vorgehen musste. Die wirst du dir wohl antrainieren müssen, dachte sie und verzog den Mund zu einem spöttischen Grinsen. Aber wie sollte sie das anstellen?

Sie stützte sich auf ihrem Schreibtisch ab. Mehr auf den Zahn fühlen konnte und wollte sie Benjamin nicht, zumal der jetzt vorsichtiger sein würde. Ob sie die beiden Gäste, Thomas und Peter, noch mal befragen sollte, um mehr Details zu erfahren?

Keine gute Idee! Was dann? Mit den Fingerspitzen trommelte sie auf die Tischplatte und musste sich eingestehen, dass ihr keine Lösung einfiel. Zumindest nicht in diesem Moment.

Als sie die Tür öffnete, schaute sie in das lächelnde Gesicht einer jungen Frau, die am Rezeptionstresen stand. „Hier hat jemand eine Frage", sagte sie und deutete neben sich.

Caro musste die Theke umrunden, um zu sehen, wen sie meinte. „Hallo junger Mann", sagte sie zu dem Jungen, den die Frau an der Hand hielt. „Wie heißt du denn?"

„Tim", sagte der leise.

„Was wolltest du denn fragen, Tim?" Caro ging vor dem Jungen in die Hocke.

Der wendete den rechten Fuß auf der Schuhspitze hin und her, sah dann seine Mutter an.

„Du kannst ruhig fragen", sagte die.

„Ich möchte gerne Gummibärchen", verkündete Tim.

„Genau." Seine Mutter lächelte. „Und wir haben uns gefragt, wo in der Gegend ein Supermarkt ist?"

„Das ist ganz einfach, und ich weiß, dass es dort viele Gummibärchen gibt", antwortete Caro an Tim gewandt, der lächelte und dabei den Blick niederschlug. Kinder waren in Caros Lebensplanung nie vorgekommen, aber so ein freundliches Kerlchen erwärmte ihr Herz.

Tim und seiner Mutter erklärte sie den kurzen Weg und ging dann in die Küche, um eine Bestandsaufnahme der Vorräte zu machen. Erneut legte sich die seltsame Enttäuschung über sie, als sie feststellte, dass auch hier alles in tadellosem Zustand war, Benjamin sogar vorgesorgt und für die nächsten Tage ausreichend eingekauft hatte. War es nur der Wunsch, ihn zu überführen, wessen auch immer, oder vielmehr die Erkenntnis, dass er in ihrer Abwesenheit scheinbar alles im Griff gehabt hatte?

Ihr blieb nichts Anderes übrig, als abzuwarten. Immerhin war sie nun aufmerksamer und würde, so hoffte sie, früh bemerken, wenn sich etwas Ungewöhnliches anbahnte.

29

„Die Reha ist auf sechs Wochen angesetzt. Reicht das als Zeitrahmen, um alles in die Wege zu leiten?", fragte ihre Mutter.

„Das hoffe ich. Ich treffe mich heute mit Antonia. Der Immobilienmaklerin, die mir die Villa vermittelt hat. Die ist auf Zack", entgegnete Caro. „Wie sieht es mit Omas Haus aus?"

„Ich habe Paul Wegemut damit beauftragt. Du hattest zwar Makler rausgesucht, aber es ist doch Quatsch, jemand Unbekanntes zu beauftragen, wenn ich gute Erfahrungen mit ihm habe und ihn auch persönlich kenne."

„Vollkommen richtig. Hauptsache, er findet zügig einen Käufer."

„Er sagte, das wäre in der Lage und dem Zustand, in dem sich das Haus befindet, kein größeres Problem. Außerdem", Rascheln ertönte aus dem Hörer, „hat er bereits eine Schätzung vorgenommen und geht von einem zu erzielenden Verkaufspreis von dreihundert- bis vierhunderttausend Euro aus."

Caro pfiff durch die Zähne. „Das wäre toll. Dafür kann sie hier ein schönes Apartment kaufen."

Schweigen auf der anderen Seite.

„Bist du noch da?", fragte Caro.

„Ja, bin ich. Schatz, ich habe dir gesagt, dass ich dich unterstütze, und dazu gehört auch, realistisch zu sein. Der Zustand deiner Großmutter wird sich durch einen Umzug nach Mallorca nicht bessern. Das heißt, dass sie auf regelmäßige Hilfe angewiesen sein wird, und das sicherlich in zunehmenden Maße über die Zeit.“

Es war ihrer Mutter hoch anzurechnen, dass sie ihr diese Tatsache nicht um die Ohren schlug. Dies war Caro selbstverständlich bewusst gewesen, dennoch hatte sie versucht, es sich schön zu reden. Daher entschloss auch sie sich, auf den zwischen ihnen neuen und besseren Kurs einzulenken. „Was schlägst du vor?“

Ihre Mutter räusperte sich. „Was wäre, wenn ich Geld beisteuere und du mit deiner Großmutter gemeinsam ein Haus, oder eine größere Wohnung kaufst, in die ihr gemeinsam einzieht?“

Caro verschluckte sich fast. „Du willst mich finanziell unterstützen?“

„Wie ich bereits sagte, ich habe viel nachgedacht. Das Haus ist abbezahlt, und mit dem, was dein Vater mir hinterließ, bin ich mehr als abgesichert. Außerdem hast du damals auf deinen Erbteil verzichtet, mir zuliebe.“

„Und ich würde das sofort wieder tun.“

„Das weiß ich, Schatz, umso mehr ist es an der Zeit, etwas zurückzugeben.“

Caro schüttelte den Kopf, obwohl ihre Mutter das natürlich nicht sehen konnte. „Das kann ich nicht annehmen.“

Ihre Mutter lachte auf. „Das dachte ich mir bereits, dass du das sagen würdest. Deshalb habe ich noch eine

Alternative in petto. Betrachte es als zinsloses Darlehen."

„Wie bitte?" Caro kratzte sich am Hinterkopf.

„Falls es dir leichter fällt, gewähre ich dir ein zinsloses Darlehen, und du zahlst es mir anteilig zurück, so wie es bei dir passt."

Nun war es Caro, die schwieg.

„Hallo?", fragte ihre Mutter.

„Ja, das hat mich nur überrascht."

„Dann habe ich mein Ziel erfüllt." Erneut lachte ihre Mutter, und Caro konnte sich kaum erinnern, wann sie sie zuletzt so gelöst erlebt hatte. „Denk darüber nach, aber ich denke, das ist eine sinnvollere Alternative. Dann seid ihr zumindest zusammen, oder du bist in der Nähe, wenn du nicht gerade arbeitest. Für die andere Zeit müsstest du dir dann auch noch etwas überlegen."

„Ich habe schon eine Idee, die ist aber noch nicht ganz spruchreif."

„Bin gespannt. Du meldest dich dann die Tage, wenn es Neuigkeiten gibt?"

„Klar." Caro verabschiedete sich von ihrer Mutter, war erstaunt und glücklich, wie sie miteinander sprachen, und über das Angebot ihrer Mutter. Es war, als habe Agathas Unglück sie zueinander geführt. Wahrscheinlich das Fenster, das die zugeschlagene Tür geöffnet hatte. Wenn dahinter diese Zukunft wartete, sollte es ihr recht sein.

Sie dachte über die Worte ihrer Mutter nach. Selbst wenn sie für Agatha eine Wohnung in der Nähe fand, stand außer Frage, dass sie ihren Haushalt nicht alleine führen konnte. Somit wäre eine Lösung, wo sie zumindest das Kochen übernehmen und ein Auge auf ihre

Oma würde haben können, in der Tat besser, wenn nicht sogar zwingend notwendig. Ob sich ihre Idee umsetzen ließ? Damit wäre auch sichergestellt, dass ihre Großmutter am Tag eine Aufgabe hatte.

Ihr Handy klingelte. Es war Antonia, ihre Maklerin. „Eben habe ich noch von dir gesprochen", sagte Caro, nachdem sie das Gespräch entgegengenommen hatte.

„Nur Gutes, hoffe ich." Antonia lachte kurz. „Ich habe noch ein weiteres Objekt, das ich dir zeigen könnte."

„Womöglich ändern sich meine Pläne etwas." Caro räusperte sich. „Könntest du mir auch Häuser zeigen?"

„Eine Finca, also?"

Einen Augenblick dachte Caro darüber nach. „Hier im Ort sind die sicherlich sehr teuer?"

„In erster Linie zum Meer sind dir die Preise ja bekannt. Leider sind die im Vergleich zu vor einigen Monaten, als du gekauft hast, noch gestiegen."

„Ich verstehe." Caro kniff die Augen zusammen. Sie hätte ihre Mutter fragen sollen, welche Summe sie dazugeben konnte, um eine Preisvorstellung zu haben. „Meerblick muss nicht sein. Theoretisch wäre auch etwas außerhalb möglich, so lange man mit dem Auto in zehn bis fünfzehn Minuten hier ist."

Ein klackendes Geräusch ertönte. Antonia tippte wohl auf ihrer Tastatur. „Das heißt, dass du die Wohnungen nicht mehr sehen willst?"

„Sorry. Aber ich habe gerade erst mit meiner Mutter gesprochen, und die hat den Einwand geäußert, dass ich meine Großmutter schlecht alleine wohnen lassen kann. Womit sie auch recht hat."

„Okay. Ist kein Problem, noch sind wir nicht gestartet, und irgendwie hatte ich so ein Gefühl, dass ich besser noch mal anrufe.“

„Gute Intuition.“

„Braucht man in dem Job.“ Antonia tippte erneut. „Dann stelle ich ein paar Objekte zusammen und komme dich in einer Stunde abholen?“

„So schnell?“

„Mach dir keine Sorgen, macht wirklich keine großen Umstände, und ja, das schaffe ich locker.“

Sie verabschiedeten sich voneinander, und Caro starrte einige Sekunden auf das Handydisplay. Dann gab sie sich einen Ruck und wählte den Kontakt.

„Caro? Alles in Ordnung?“ Ihre Mutter klang besorgt.

„Hey Mama. Ja. Sorry, dass ich direkt noch mal anrufe. Aber ich habe darüber nachgedacht und möchte dein Angebot annehmen.“

„Schatz, das freut mich.“ Die Erleichterung war ihrer Mutter anzuhören.

„Ich muss zugeben, dass es mir nicht leicht fällt, aber es stimmt, was du sagst und eine andere Möglichkeit sehe ich nicht.“

„Und die musst du auch nicht finden. Es wäre doch Quatsch, dass du um eine Lösung ringst, während ich gerne helfe.“

„Jetzt wird es allerdings ein wenig heikel.“ Caro atmete durch.

„Weil du wissen willst, welchen Betrag ich beisteuern kann?“

„Woher weißt du das?“

Ihre Mutter lachte. „Mein Schatz, auch wenn wir nicht immer einer Meinung sind, kenne ich dich seit zweiunddreißig Jahren und weiß häufig, was in deinem Kopf vorgeht. Zweihunderttausend Euro könnte ich dir leihen."

„Und das bringt dich auch nicht in die Bredouille?"

„Lieb, dass du dir Gedanken machst, aber keine Sorge. Als dein Vater verstarb, habe ich eine Lebensversicherung abgeschlossen, die letztes Jahr fällig wurde, und ich bin tatsächlich in der komfortablen Lage, nicht darauf angewiesen zu sein."

„Ich zahle es dir zurück."

„Davon bin ich überzeugt." Ihre Mutter machte eine Pause. „Aber Schatz?"

„Hmm?"

„Das ist nicht am wichtigsten, sondern dass du für dich und Agatha ein Heim findest, das euren Bedürfnissen entspricht, und wo ihr euch wohlfühlt."

„Danke", sagte Caro, und ihre Sicht verschwamm, als ihr Tränen in die Augen stiegen. „Ich danke dir."

„Von Herzen gerne."

„Ich treffe mich in einer Stunde mit der Maklerin."

„Dann viel Erfolg, und halt mich auf dem Laufenden."

„Aber klar doch." Nachdem sie aufgelegt hatte, saß Caro da, während die Tränen noch liefen. Ein Heim, in dem sie und ihre Oma sich wohlfühlten, genau das galt es jetzt zu finden. Und sie nahm sich fest vor, das in die Tat umzusetzen.

30

„Das Haus an sich gefällt mir."

„Aber?", fragte Antonia, mit der Caro bereits das zweite Haus besichtigte.

„Es steht in Magaluf."

„Torrenova."

„Macht das einen Unterschied?" Caro ließ ihren Blick durch die noch ziemlich neu wirkende Küche schweifen, die jenseits der Kücheninsel ins Wohnzimmer überging. „Was feiernde Engländer zur Hauptsaison anbelangt?"

Antonia legte den Kopf schief. „Torrenova ist nur eine kleine Landzunge, die sich ins Meer erstreckt, und an die sich Magaluf anschließt."

„Aber?" Mit der Hand fuhr Caro über die Arbeitsplatte aus dunklem Holz. Nussbaum vermutete sie.

„Caro, natürlich ist Torrenova nicht Palmanova. Aber dein Budget lässt ein Anwesen in vergleichbarer Lage und mit dieser Ausstattung nicht zu. Und zur Hauptsaison ist auch Palmanova nicht ruhig. Außerdem sind Restaurants und Hotels küstennah, und die Carrer Goleta liegt etwas dahinter zurück."

„Wo liegen wir preislich?"

„Und das ist der Knaller. Fünfhunderttausend Euro. Ein absolutes Schnäppchen."

„Sollte mich das nicht stutzig machen?“ Einerseits kam Caro sich gemein vor. Natürlich wollte Antonia Geld verdienen, gehörte sicherlich aber nicht zu den Maklern, die einen Abschluss um jeden Preis durchdrückten, um ihre Provision zu kassieren.

„Die Erklärung ist ganz einfach. Einerseits kein Meerblick, was einen entscheidenden Einfluss hat, und andererseits ist die Situation für die Verkäuferin ziemlich tragisch. Sie hat das Haus mit ihrem Mann gekauft, der den Großteil der Umbauten selbst vorgenommen hat und vor wenigen Wochen plötzlich und unerwartet verstorben ist.“ Antonia verschränkte die Arme vor der Brust. „Der Witwe mit Kindern fällt nicht nur der Verdienst ihres Mannes weg, sie muss auch noch die Kreditrate stemmen.“

„Irgendwie fühlt es sich nicht richtig an, eine Notlage auszunutzen.“

Antonia zuckte mit den Schultern. „Letztlich würdest du ihr ja damit helfen, und sie geht zwar mit keinem großen Gewinn daraus hervor, aber eben auch keinem Verlust.“

Erneut sah Caro sich um. Zugegebenermaßen war das kleine Reihenhaus auf zwei Etagen perfekt. Im Erdgeschoss, in dem sie sich befanden, lagen Küche, Wohnzimmer, ein Bad und ein weiteres Zimmer, das als Schlafzimmer für ihre Oma dienen würde. In der Etage darüber existierten ein weiteres Bad, noch ein Zimmer und sogar eine Terrasse, von der man nur auf die Straße und Nachbargebäude sehen konnte, aber besser als nichts. Zudem Antonias Idee, die Terrasse zu schließen, um daraus ein weiteres Zimmer zu machen, durchaus denkbar war. Doch auch mit der jetzigen

Aufteilung war eine gewisse Trennung eines Bereiches für ihre Großmutter und sie gewährleistet.

„Was sagst du?", fragte Antonia.

„Also gut", antwortete Caro. „Wir nehmen es auf jeden Fall in die engere Wahl."

„Gute Entscheidung."

„Darf ich ein paar Fotos machen? Ich muss selbstverständlich meine Großmutter in den Entscheidungsprozess einbeziehen. Und natürlich möchte auch meine Mutter sehen, wo es hingeht. Möglicherweise."

„Na klar. Schieß so viele, wie du möchtest."

Beim zweiten Durchgang stellte Caro fest, dass ihr das Haus zunehmend besser gefiel. Sich sogar konkrete Einrichtungsvisionen in ihrem Kopf manifestierten und sie darüber hinaus vor dem geistigen Auge Agatha und sich sah, wie sie gemeinsam in der Küche kochten oder abends bei einem Glas Wein auf der Terrasse saßen. Außerdem konnte sie von hier aus zu Fuß zum Hotel laufen, und selbst wenn es während der Hauptsaison, in der sie ohnehin mehr arbeiten musste, unruhiger wurde, waren das nur drei, höchstens vier Monate im Jahr. Ansonsten war es in dieser Gegend sehr ruhig.

„Weißt du, wie die Nachbarschaft ist?", fragte Caro, als sie wieder in der Küche angekommen war.

Antonia sah von ihrem Handy auf. „Wie gesagt, Hotels und ansonsten überwiegend Engländer, die hier Ferienwohnungen haben. Somit sehr ruhig außerhalb der Saison."

Caro nickte und ersparte sich die Bemerkung, dass Antonia mit „sehr ruhig" höflich umschrieben hatte, dass diese Gegend außerhalb der Saison quasi tot war. Denn während in Palmanova immer noch Geschäfte geöffnet und Menschen auf der Straße zu sehen waren, glichen Magaluf und Torrenova zu dieser Zeit einer Geisterstadt. Das klassische Problem von Touristenorten.

„Wollen wir dann zum nächsten Objekt aufbrechen?", fragte Antonia, und Caro bejahte. Sie sahen sich an diesem Tag noch zwei weitere, insgesamt also vier Häuser an, wobei Caro bewusst war, dass für sie die Wahl bereits gefallen war.

„Hast du die Bilder bekommen?", fragte sie ihre Mutter, als sie diese, zurück im Hotel nach der Besichtigungstour, anrief.

„Alles da, und ich bin sogar noch zu Agatha ins Krankenhaus gefahren. Ich finde, in dem Fall ist eine Ausnahme nötig, und das hat auch die diensthabende Nachtschwester so gesehen", sagte ihre Mutter. „Warte. Ich schalte dich mal auf Lautsprecher, dann kann Agatha mithören, und du wirst es nicht glauben, ich habe sogar das iPad dabei, was du mir letztes Weihnachten geschenkt hast."

„Kannst du es denn bedienen?", fragte Caro grinsend.

„Für was für einen Höhlenmenschen hältst du mich, meine Tochter? Natürlich!"

Sie lachten, und Caro konnte hören, dass Agatha mit lachte. Es stimmte, dass ihre Mutter niemals große Schwierigkeiten mit technischen Geräten gehabt hatte. Ganz anders als ihr Vater. Was vor allem an ihrem Ehrgeiz lag. Sie gab erst auf, wenn sie die Bedienung beherrschte.

„So, da haben wir die Bilder." Caro hörte ein raschelndes Geräusch. „Agatha, am besten nimmst du das in die

Hand, so kannst du durch die Bilder sehen. Siehst du das?“

„Liebe Gudrun. Auch ich bin kein Höhlenmensch“, ertönte die krächzende Stimme Agathas, und erneut brachen sie in Gelächter aus.

„Nachdem wir klären konnten, dass keiner aus einer Höhle stammt, wollen wir dafür sorgen, dass auch niemand in eine einziehen muss“, sagte Caro. „Also schaut euch schnell die Bilder an, ich möchte unbedingt wissen, ob ihr genauso entscheidet wie ich.“ Plötzlich kam ihr ein Einfall. „Mama, ich rufe dich noch mal an. Aber per FaceTime, dann kann ich eure Reaktion sehen.“

An sich war das ein guter Einfall, da Caro aber nicht die Bilder sah, die die beiden sich ansahen, hatte er einen Haken. Außerdem änderten sich die Mienen der beiden Damen nur unwesentlich von Bild zu Bild, und sie tauschten sich auch ansonsten kaum aus. Dennoch fühlte sie sich so mehr anwesend, was ihr besser gefiel, als einzig die Stimmen zu hören.

„Und?“, fragte Caro, die mit dem Telefon in der Hand in ihrem Büro auf und ab lief. Das Kribbeln in Bauch und Beinen ließ nicht zu, dass sie sitzen blieb.

„Also, ich habe einen Favoriten“, verkündete ihre Mutter.

„Ich auch“, sagte Agatha.

Caro musste sich beherrschen, nicht mit den Augen zu rollen. „Und würdet ihr mir auch mitteilen, welches Haus das ist? Mein Gott, jetzt macht es doch nicht so spannend.“

„Das finde ich am besten“, sagte ihre Mutter zu Agatha und deutete dabei auf den iPad-Bildschirm, den

Caro nicht sehen konnte, da Agatha das Gerät immer noch in den Händen hielt.

„Geht mir genauso“, kommentierte diese grinsend.

„Das macht ihr doch mit Absicht!“, rief Caro aus und musste im nächsten Augenblick ob der fassungslosen Gesichter erneut lachen.

„Uns gefällt das am besten.“ Ihre Mutter drehte das i-Pad um und bedeutete Agatha, es festzuhalten, um es im Anschluss mit der Handykamera einzufangen.

„Dann sind wir einer Meinung“, kommentierte Caro.

„Das finde ich toll“, sagte Agatha.

„Bei diesem Haus hätte jeder von uns quasi einen Bereich für sich, und der Preis ist für die Ausstattung und Lage unschlagbar.“ Caro überlegte. „Soll ich trotzdem noch weitere Objekte besichtigen?“

Ihre Mutter sah ihre Großmutter an.

„Wenn es sich für dich richtig anfühlt, mein kleiner Schmetterling, dann wird es die Richtige sein.“ Agatha nickte, wie, um sich selbst zu zustimmen.

„Ich gebe Agatha recht.“ Ihre Mutter sah in die Kamera. „Du hast so viel um die Ohren, und die Zeit drängt ebenfalls. Außerdem sind die anderen Häuser zum Teil deutlich teurer.“

„Und damit über unserer Preislage“, ergänzte Caro.

„Auf den Fotos sieht es aus, als wäre alles neu gemacht?“, fragte ihre Mutter.

„Das stimmt. Tragische Geschichte. Der Mann des Paares hat den größten Teil der Renovierungen selbst vorgenommen und ist dann plötzlich und unerwartet an einem Herzinfarkt gestorben“, entgegnete Caro.

„Das ist ja schrecklich!“ Agatha schlug die Hände vor den Mund, wofür sie diese vom iPad löste, welches, das Display voraus, in ihren Schoß kippte.

„Des einen Leid kommt dem anderen zu Gute.“ Ihre Mutter schürzte die Lippen. „Ich weiß, dass ihr mich jetzt für pietätlos haltet. Aber, wenn ich die Preise und Quadratmeterzahl vergleiche, muss man kein Genie sein, um zu sehen, wie günstig das Haus ist. Was noch mehr dafür spricht zuzuschlagen.“

„Einverstanden!“ Caro betrachtete die Gesichter ihrer Mutter und Großmutter auf dem Handydisplay. „Dann rufe ich Antonia gleich an und sage, dass wir das Haus kaufen wollen.“

„Mein kleiner Schmetterling, ich bin so aufgeregt!“ Agatha klatschte in die Hände und riss dabei die Augen auf. Ein Anblick, der Caro erfreute und zur gleichen Zeit rührte, am liebsten hätte sie sie in die Arme geschlossen.

„Und du bist ebenfalls der Ansicht, dass wir das Richtige tun?“, wandte Caro sich an ihre Mutter.

„Caro. Natürlich habe ich keinen Einblick in den Immobilienmarkt bei euch. Aber ich habe dir gesagt, worauf sich meine Einschätzung stützt. Außerdem vertraue ich auf dein Urteil.“

„Was aber auch falsch sein kann. Bei der Villa waren viele Arbeiten nötig, die ich nicht vorausgesehen habe. Obwohl ich viele Stunden auf der Baustelle verbracht habe, fehlt mir die Ahnung davon. Es könnten irgendwelche verborgenen Mängel da sein, die ich nicht gesehen habe.“

„Schatz!“ Ihre Mutter drehte das Handy so, dass einzig ihr Gesicht zu sehen war. „Ich verstehe deine Bedenken.

Aber mach dir keine Sorgen. Sollte es wirklich so sein, dass sich der Kauf als Fehler herausstellt, was ich nicht glaube, werden weder ich noch deine Oma dir einen Vorwurf machen." Bei den letzten Worten bewegte sie das Telefon, so dass Agatha ins Bild kam, die eifrig den Kopf schüttelte. „Außerdem hast du doch gesagt, dass du mit deiner Maklerin gute Erfahrungen gemacht hast?"

„Schon."

„Na, siehst du. Die Dame wird ja interessiert daran sein, weiter in ihrem Job zu arbeiten, und den nicht anschließend kündigen. Also ist sie daran interessiert, zufriedene Kunden zu haben."

„Okay." Caro seufzte.

„Mein kleiner Schmetterling." Ihre Mutter hatte Agatha das Telefon in die Hand gegeben. „Ich kann zwar nicht mehr alles tun, was ich gerne erledigen würde, aber ich werde dich unterstützen, da kannst du dir sicher sein."

Tränen der Rührung ließen Caros Sicht verschwimmen. „Danke, liebe Oma."

„Nicht dafür. Außerdem muss ich mich bei dir bedanken." Sie gab das Telefon zurück an Caros Mutter, die in die Kamera sah.

„Und ich bin natürlich ebenfalls jederzeit für dich da. Auch, wenn du mich schon vorher brauchst. Mallorca ist schließlich nur zwei Flugstunden entfernt."

„Danke, Mama. Das ist total lieb von dir." Caro schluckte geräuschvoll und verabschiedete sich dann von den beiden Frauen, die ihre letzte Familie verkörperten.

31

„Puh!", machte Caro und führte die Fingerspitzen zum Mund. Endlich war sie dazu gekommen, den Vertrag von Nockemann zu prüfen, dem Reiseveranstalter, der momentan für sämtliche Buchungen sorgte. Sie konnte in Erfahrung bringen, dass eine Rabattaktion, wie Nockemann sie derzeit durchführte, maximal vier Wochen am Stück und davon maximal zwei im Jahr stattfanden. Was bedeutete, dass die gerade Laufende bald beendet werden musste.

Sie rief auf ihrem Handy den Kalender auf. Passte! In zwei Wochen war Ostern, und nachdem die Buchungen seit der Zeit ihres Deutschlandaufenthaltes zurückgegangen waren, hoffte Caro auf wieder steigende Zahlen für diesen Zeitraum. Auch, da sie in den nächsten Tagen die Hotel-Homepage fertigstellen wollte. Womöglich hätte sie diesem Punkt eine höhere Priorität einräumen sollen, wusste aber nicht, wo sie die Zeit hätte hernehmen können.

Die Website war Daniels Vermächtnis. Eines der wenigen Dinge, die er eingebracht hatte. Sie erwartete, dass der Gedanke an ihn schmerzte, doch es war mehr die Frage nach dem Warum und wo Daniel sich aufhielt, die hochgespült wurde. Ob du das jemals erfahren wirst? Und würde es etwas ändern? Ihre Welt hatte sich nicht nur weiterbewegt, sie musste die Erfahrung würdigen, dass sie ohne ihn sämtliche Schwierigkeiten gemeistert hatte.

Ich hoffe, dir geht es gut, dachte sie und war froh und dankbar, dass sie diesen Gedanken nicht nur als hohle Floskel aussenden konnte, sondern dies tatsächlich fühlte. Und kaum war dies geschehen, wurde ein anderes Gesicht vor ihr geistiges Auge projiziert: Braune Augen unter dunklen Augenbrauen, die von feinen Lachfältchen flankiert wurden und darunter ein einnehmendes Lächeln – Juan. Warum meldest du dich nicht bei ihm und lädst ihn noch einmal zum Essen ein?

Aber mit welchem Zweck?

Das Kribbeln in ihrem Bauch angesichts der Frage lieferte die Antwort, doch ihr Verstand fragte sie, ob es dafür nicht zu spät war? Wenn es eine Möglichkeit gegeben hatte, Juan zu zeigen, dass er nicht nur ein Abenteuer für sie gewesen war, dass sie bereit war, ihn näher kennenzulernen und an sich heranzulassen, war diese vorüber.

Einen Augenblick saß sie da. Schmeckte die Bitterkeit dieser Erkenntnis auf der Zunge. Dann rieb sie sich die Augen, zwang sich, sein Bild aus ihrem Kopf zu verbannen und sich auf ihre Arbeit zu konzentrieren.

Und zumindest gelang es ihr, die Gedanken an Juan in den Hintergrund zu drängen und sich erneut dem Bildschirm zuzuwenden. Es wäre großartig, wenn zumindest ein Teil der Buchungen über die Homepage abgewickelt werden könnte, ohne einen Veranstalter, der Gebühren erhob und ihr mit sonstigen Konditionen das Leben schwer machte. Ohnehin hoffte Caro auf Mund-zu-Mund-Propaganda und Stammkunden. Dafür aber brauchte sie Zeit, viele Jahre, die sie erfolgreich im Geschäft sein musste. Aktuell aber benötigte sie vor allem Geld, um Darlehen, Löhne und die sonstigen Ausgaben bedienen zu können.

Ein Klopfen ließ sie aufsehen. Sie hatte sich in ihr kleines Büro hinter der Rezeption zurückgezogen, jedoch bei geöffneter Tür, um mitzubekommen, sollte sich ein Gast melden. Abends kam das zwar selten vor, ausgeschlossen erschien es jedoch nicht. Sobald sie nicht mehr in der Villa schlief, hatte sie vor, eine Notfallnummer anzugeben, über die die Gäste sie erreichen konnten.

Es war Felipe, der sie anlächelte. „*Hola*, Caro.“

„Schön, dich zu sehen.“ Caro erhob sich und kam hinter dem Schreibtisch hervor, um Felipe, wie hier üblich, mit Wangenkuss zu begrüßen. „Ich konnte mich gar nicht erkundigen, ob dein erster Kurs gut lief, da ich nach Deutschland musste.“

„Benjamin hat das erzählt. Deine Großmutter oder? Geht es ihr gut?“

„Danke. Ja.“ Sie lehnte sich an die Kante des Schreibtisches. „Tatsächlich wird sie bald ebenfalls Insulanerin.“

„Nicht dein Ernst!“ Felipe riss die Augen auf. „Sie zieht hierher?“

„Wir haben gemeinsam ein Haus gekauft in Torrenova. So kann ich mich besser um sie kümmern, und ihr werden das Inselklima und die Atmosphäre hier mit Sicherheit gut tun.“

„Da kann sie sich glücklich schätzen. In meiner Deutschlandzeit habe ich mitbekommen, dass so etwas keine Selbstverständlichkeit ist. Bei uns legt man ohnehin mehr Wert darauf, dass die Großeltern der Familie nahe bleiben."

Caro nickte. „Meine Oma Agatha und mich verbindet schon immer ein enges Verhältnis. Und es ist sicherlich schön, einen geliebten Menschen in der Nähe zu haben."

„Da wird es noch mehr geben. Bestimmt schlägt bald die Liebe zu." Felipe grinste.

Caro zuckte mit den Schultern. „Momentan bin ich, ehrlich gesagt, mehr als genug beschäftigt. Auch ohne einen Kerl, um den ich mich kümmern muss."

„Der kann sich um dich kümmern."

Sie lachte auf. „Bislang fehlte mir da wohl das glückliche Händchen. Die Männer, die ich hatte, brauchten immer viel Aufmerksamkeit von mir."

„Deutsche Männer." Felipe grinste noch breiter.

Macht er mich an, fragte sich Caro.

Nun war es Felipe, der in Gelächter ausbrach. „*Discúlpame.* Hört sich an wie eine Anmache, aber keine Sorge. Du hast das falsche Geschlecht, um für mich interessant zu sein. Was nicht heißt, dass du keine faszinierende Frau bist."

Sie lachten gemeinsam, ein zwangloser und verbindender Moment. Felipe räusperte sich. „Kann ich den Raum ab übermorgen wieder haben für einen Kurs?"

„Selbstverständlich." Dass Felipe nun bereits die zweite Schulung abhalten wollte, ließ die Zuversicht ein wenig die Bedenken fortspülen, die sie hinsichtlich ihrer Finanzsituation empfand. „Waren beim letzten Mal alle zufrieden? Auch du?"

„Die Teilnehmer waren begeistert. Nicht nur vom Kurs." Felipe zwinkerte ihr zu. „Alle haben betont, wie wunderbar ihnen die Villa gefallen hat und das Essen. Du und Benjamin, ihr habt wirklich gute Arbeit geleistet."

„Danke, aber du anscheinend ebenfalls, sonst würde ja nicht der zweite Kurs stattfinden."

„Die Nachfrage ist wirklich groß. Viele Menschen möchten etwas Neues probieren, oder in einer schönen Umgebung ihrer Kreativität näherkommen."

Sie unterhielten sich noch einige Minuten, dann wandte Felipe sich zum Gehen. Er war schon fast zur Tür hinaus, da fiel Caro etwas ein. „Felipe?"

„Ja?"

„Hast du eventuell mitbekommen, dass Benjamin einen Herrn durch das Hotel geführt hat?"

Felipe schien kurz nachzudenken, dann schüttelte er den Kopf. „Nicht, dass ich wüsste. Was ist denn los?"

Caro winkte ab. „Nicht so wichtig. Ich freue mich auf den nächsten Kurs."

„Ich ebenfalls." Er verabschiedete sich und verließ ihr Büro.

Caros Handy klingelte. „Antonia?", meldete sie sich.

„Es ist alles geregelt", erklang die fröhliche Stimme der Maklerin aus dem Lautsprecher. „Wir haben schon für nächste Woche einen Notartermin."

„Super!"

„Aufgeregt?"

„Tatsächlich fast mehr als vor ein paar Monaten beim Kauf der Villa."

„Wirklich? Das hätte ich nicht gedacht."

„Ich auch nicht." Caro lehnte sich gegen die Schreibtischkante. „Vielleicht liegt es daran, dass ich die

Entscheidung nicht nur für mich treffe, sondern auch für meine Oma."

„Sie wird sicherlich zufrieden sein mit deiner Wahl. Das mag sich jetzt zwar anhören wie ein typischer Maklerspruch, aber das Haus ist ein Glücksgriff. Wäre es erst in ein zwei Monaten auf den Markt gekommen, wenn hier allgemein mehr los ist, hätte man einen ganz anderen Preis dafür aufrufen können."

„Und die Eigentümerin wollte das nicht?"

Antonia seufzte. „Natürlich habe ich sie darauf hingewiesen, sogar bekniet, noch etwas zu warten. Aber sie hat Angst, was ich irgendwie auch verstehen kann. Wenn du keine Ahnung von Immobilien hast, die auch noch in einem anderen Land steht und dazu noch der plötzliche Tod deines Mannes zu verwinden ist, kommt schon einiges zusammen." Ein Rascheln, als würde Antonia Papiere zusammenschieben. „Aber die Hauptsache ist, dass das Objekt bei dir in gute Hände kommt. Mrs Brunswick, die Eigentümerin, war beeindruckt, dass du deiner Großmutter hier eine Bleibe gibst. Ich denke, das ist für sie auch ein gutes Gefühl, zu wissen, dass das Werk ihres verstorbenen Ehemannes einer betagten Dame einen schönen Lebensabend beschert."

Antonia und Caro tauschten sich noch kurz zum Haus und dem Notartermin aus, dann beendeten sie das Gespräch. Kaum hatte sie das Handy in der Hosentasche verstaut, klopfte es an der Tür, die sich nach Caros Aufforderung zögerlich öffnete.

Caro musste grinsen, da, deutlich weiter unten als erwartet, ein kleiner Kopf hineingesteckt wurde. „Hallo Tim. Willst du mich besuchen?"

Der Junge schüttelte den Kopf und streckte stattdessen den Arm durch die Tür. Sie erkannte, dass er etwas in der Hand hielt.

„Ist das für mich?" Sie ging auf ihn zu und vor ihm in die Hocke.

Tim nickte.

„Gummibärchen. Das ist aber lieb von dir."

„Mama sagt als Dankeschön, weil du immer so freundlich bist."

Am liebsten hätte Caro das Kerlchen in den Arm genommen, wollte ihn jedoch nicht verschrecken und fürchtete zudem, dass das zu weit gehen würde. „Vielen Dank! Darüber freue ich mich sehr. Ich mag Gummibärchen nämlich auch sehr gerne."

Tim fixierte an ihr vorbei den Türrahmen und wusste wohl nicht, wie er diese Situation beenden sollte.

„Dann sag deiner Mutter bitte ebenfalls ganz lieben Dank, und falls ich euch bei etwas helfen kann, könnt ihr jederzeit vorbeikommen. Okay?"

Tim nickte, warf ihr einen flüchtigen Blick zu und beeilte sich dann davonzueilen.

Sie betrachtete die Tüte in ihrer Hand und musste lächeln, da sie gelogen hatte. Gummibärchen entsprachen überhaupt nicht ihrem Geschmack, aber die Geste zählte, und sicherlich würde sich eine Gelegenheit ergeben, diese weiterzuschenken.

32

Seit sie aus Deutschland zurückgekehrt war, verliefen die Tage ruhig und ohne Besonderheiten, wofür sie dankbar war. Dies sorgte dafür, dass der Argwohn gegenüber Benjamin von den täglich hinzukommenden Schichten des harmonischen Arbeitsalltags überdeckt wurde, bis sie sogar bereit war, ihn als Hirngespinst abzutun. Hinzu kam, dass Benjamin sich richtig ins Zeug legte, länger und härter arbeitete, als er gemusst hätte.

Als sie am Morgen in die Lobby trat, ging sie weiter zur Eingangstür, die sie öffnete, um einen Augenblick im Türrahmen stehend, hinauszuschauen. Die Bucht wurde in das honiggelbe Licht der aufgehenden Sonne getaucht, und die Wellen wogten mit sanftem Rauschen an den Strand. Du bist ein Glückskind, dass du hier sein darfst! Das Glücksgefühl flutete warm durch sie hindurch und verband sie mit diesem Moment: Dem Meeresrauschen, dem sanften Licht, dem Zwitschern der Vögel und der bereits einsetzenden Wärme, mit der der Frühling seine ersten zarten Finger ausstreckte.

Lächelnd betrat sie die Villa, überzeugte sich, dass im Seminarraum alles für Felipes heutigen Kursbeginn vorbereitet war. Als sie in den Eingangsbereich zurückkehrte, traf Benjamin gerade ein.

„Da hat jemand gute Laune", sagte er augenzwinkernd.

„Allerdings." Einerseits freute Caro sich über seine Worte, andererseits fragte sie sich, ob sie bedeuten sollten, dass es eine Besonderheit war, sie gutgelaunt zu erleben? Mach dir keinen Kopf, und lass dir deinen Frohsinn nicht verderben, riet sie sich. „Du hast gestern noch die Sachen für das Mittagessen eingekauft?"

„Selbstverständlich, Chefin."

„Dann würde ich, während du das Frühstück machst, schon ein paar Sachen für das Mittagessen vorbereiten."

„Klar." Benjamin ging zur Treppe, um ins Obergeschoss zu gelangen.

Seit sie wieder hier war, wirkte er stiller und irgendwie fügsamer. Was an sich doch gut war? Du wolltest dir doch keinen Kopf machen! Sie nahm hinter dem Rezeptionstresen Platz und rief das Buchungsprogramm auf. Vor Freude klatschte sie in die Hände, denn für Ostern war eine Buchung über die neue Website eingegangen, die sie gestern endlich in Betrieb genommen hatte.

„Guten Morgen, Sie sehen aber fröhlich aus."

Caro sah auf und blickte in das lächelnde Gesicht von Frau Asmusen, der Mutter des kleinen Tim. „Das bin ich auch."

„Wenn man hier arbeiten und leben darf." Frau Asmusen vollführte eine ausholende Geste.

„Ich stimme Ihnen zu." Caro stand auf, um über den Tresen zu schauen. „Und da ist ja der junge Herr Asmusen. Guten Morgen, Tim."

„Hallo", sagte der Junge mit leiser Stimme.

„Er ist traurig, dass es morgen schon wieder nach Hause geht." Frau Asmusen seufzte. „Um ehrlich zu sein, mir geht es nicht besser." Sie sah Caro grinsend an. „Sie suchen nicht zufällig jemanden, der hier arbeitet?"

Caro grinste ebenfalls, doch die Frage der jungen Frau war scharf in sie geschossen. „Erwartet Sie denn in Deutschland niemand?"

Frau Asmusen schob die Unterlippe vor. „Längere Geschichte. Aber die Kurzform – nein, nicht wirklich." Sie beugte sich zu Caro vor. „Zumindest niemand, den ich in meiner Nähe haben möchte", flüsterte sie.

Einen Augenblick sahen die beiden Frauen einander an. So seltsam diese kurze Unterhaltung war, eine Verbindung wurde hergestellt, die Caro nicht fassen oder beschreiben konnte.

„Was machen Sie denn beruflich?", fragte sie.

„Ich habe BWL studiert."

„Wow!", sagte Caro. „Ich muss zugeben, dass Zahlen und der Buchhaltungskram nicht wirklich etwas sind, das mich begeistert."

Die schlanke Endzwanzigerin mit den langen blonden Haaren und dem hübschen Gesicht lächelte. „Mir macht diese Arbeit Spaß, aber momentan habe ich keinen Job, für den ich mein Studium benötigen würde."

„Was machen Sie denn?"

„Ich arbeite bei der Hotline eines großen Online-Händlers. Das ist einer der wenigen Jobs, den ich als Alleinerziehende zumindest einigermaßen mit dem jungen Mann hier koordinieren kann, da ich das von zu Hause aus erledigen kann."

„Mama, ich habe Hunger", sagte Tim und zog an dem blauen Kleid, das seine Mutter trug.

„Sofort Schatz." Sie lächelte Caro entschuldigend an.

„Dann geht mal frühstücken", sagte Caro an Tim gewandt. „Wollen wir uns nicht duzen?", fragte sie dann Frau Asmusen.

„Gerne." Sie strahlte. „Cynthia."

„Caro. Aber das weißt du ja bereits."

„Mami", quengelte Tim, der erneut an Cynthias Kleid zog.

„Wir unterhalten uns später?", fragte Cynthia.

„Ich bin noch ein wenig hier."

Caro sah den beiden nach. Cynthia faszinierte sie. Ihr Blick war offen und wach, dennoch lag etwas dahinter, das in Caro das Gefühl auslöste, sie in den Arm nehmen zu wollen: eine tiefe Traurigkeit. Diese junge Frau hatte etwas Schlimmes erlebt, dessen war Caro sicher.

„*Buenos dias*, Cariña!"

Caro wandte den Kopf nach links und erblickte Felipe, der auf sie zukam. Nachdem sie sich per Wangenkuss begrüßt hatten, zwinkerte Felipe ihr zu. „Gut siehst du aus."

Das brachte Caro zum Lachen. „Dankeschön. Mit solch einem Kompliment am Morgen hatte ich nicht gerechnet."

„Du bist eine *mujer muy guapa*, eine sehr schöne Frau", sagte Felipe. „Aber heute strahlst du noch dazu, als wenn du besonders glücklich wärst." Er fasste sie einen Moment bei den Händen. „Das gefällt mir."

„Das trifft auch zu." Caro lächelte. „Kennst du das, dass man sich zwischendurch bewusst machen muss, was für ein Glück man hat?"

Felipe nickte. „Das ist niemals verkehrt. Zu schnell gewöhnt man sich an Dinge, nimmt für selbstverständlich, was ein Geschenk ist."

„Das hast du schön gesagt. Man könnte meinen, dass du ein Künstler bist."

„Nicht nur *guapa*, sondern auch *divertida*. Das bedeutet ..."

„Lustig", sagt Caro lächelnd.

„Muy bien. Dein Spanisch wird immer besser."

„Poco a poco." Caro lachte. „Bin weit davon entfernt, dass ich mit mir zufrieden bin, aber mir fehlt einfach die Zeit, um weiterzulernen."

„Das kommt schon alles noch. Nur nicht so verkrampft sein. Wir sind auf Mallorca, nicht in Deutschland." Felipe stieß ihr freundschaftlich den Ellenbogen in die Seite.

„Du glaubst nicht, wie froh ich darüber bin."

„Ich bereite dann mal alles vor."

„Alles klar. Meld dich, wenn du etwas brauchst."

Felipe nickte und ging dann in Richtung Flur. Nicht so verkrampft sein, dachte Caro. Das war schwieriger als erwartet. Jahrelange Erziehung und ein Leben, das von Anspannung geprägt war, ließen sich nicht einfach so wegwischen. Besonders, wenn man das Unverkrampftsein nicht verkrampft angehen sollte.

Erst hier war ihr bewusst geworden, dass sie lockerer zu sein, häufig mit Faulheit verwechselt hatte, was Quatsch war. Nur weil man etwas mit Ruhe anging und sich auch Zeit für sich selbst nahm, war man nicht arbeitsscheu, sondern gelangte zu mehr Zufriedenheit. Ein Grundsatz, den sie unbedingt beherzigen wollte, denn den hatte sie im früheren Leben nicht ausreichend befolgt und war in das Tal der Bitterkeit gestürzt.

Der PC gab einen Signalton von sich, der das Eintreffen einer E-Mail verkündete. Eine weitere Buchungsanfrage für Ostern, wie Caro freudig feststellte. Besonders schön war, dass es sich um eine Empfehlung handelte, denn ein Paar, das zu ihren ersten Gästen gehört hatte, hatte die Villa Caro an ihre Freunde weiterempfohlen.

„Wird doch alles", murmelte sie zu sich selbst und erhob sich. Zeit, sich um die Vorbereitungen für das Mittagessen zu kümmern.

33

Zu sagen, die Ereignisse des nächsten Tages hätten sie wie ein Bulldozer plattgewalzt, wäre untertrieben gewesen. Zumindest war Caro mittlerweile eingefallen, dass es sich bei der Frau um Señora Gasperro handelte. Als die vor einigen Minuten, womöglich einer halben Stunde, es war Caro unmöglich, zu sagen, wie viel Zeit vergangen war, plötzlich in der Eingangshalle gestanden und begonnen hatte, auf Spanisch auf Caro einzureden, hatte sie die immer wieder energisch mit dem Zeigefinger auf sie deutende Dame nicht zuordnen können. Gut, dass Benjamin ihr zur Hilfe geeilt war, dessen Spanisch deutlich besser war, so dass er zwischen ihr und der Denkmalschutzbeauftragten dolmetschen konnte.

Mittlerweile standen sie im Seminarraum, und Caro war froh, zumindest so geistesgegenwärtig gewesen zu sein, Felipe zu bitten, die Teilnehmer hinauszuschicken. Kopfschüttelnd hatte Felipe ihr versichert, dass er es nicht bemerkt habe, und sie glaubte ihm.

„Wann das aufgefallen ist, möchte sie wissen", übersetzte Benjamin die letzte Aussage von Señora Gasperro.

„Das ist es ja gerade. Mir ist das überhaupt nicht aufgefallen. Ich weiß auch gar nicht, wo sie plötzlich herkam." Fassungslos schüttelte Caro den Kopf. Das ist doch total verrückt!, dachte sie. Wie hatte Gasperro davon Wind bekommen? „Kannst du sie fragen, wieso sie überhaupt herkam?", wandte Caro sich an Benjamin.

„Das habe ich sie doch bereits gefragt."

„Dann frag bitte noch mal."

Benjamin kam Caros Aufforderung nach, woraufhin Gasperro ihr einen entnervten Gesichtsausdruck schenkte, um Benjamin die Antwort auf Spanisch mitzuteilen.

„Wie sie eben schon gesagt hat – sie hat einen Hinweis bekommen." Benjamin trat von einem Bein auf das andere.

„Aber wer kann das gewesen sein? Wenn weder Felipe noch mir das aufgefallen ist?" Sie erwartete keine Antwort, sah stattdessen auf das Mosaik. Augenblicklich fing ihr Blick den Schaden ein, als wäre der unübersehbar. Doch das war er nicht, weshalb sie Felipe glaubte. Jemand hatte die orange-roten Fliesen, die einen der Fische im blauen Wasser formten, herausgeschlagen oder zumindest eine Schicht davon abgetragen. Damit verblieb ein Kachelrest gleicher Farbe, der weiterhin die Form nachzeichnete, weshalb es beim flüchtigen Blick darauf nicht zu erkennen war.

„Was geschieht denn nun?", fragte Caro mit tonloser Stimme.

„Der Raum muss verschlossen werden. Niemand hat Zutritt, und dann muss die Angelegenheit untersucht werden", entgegnete Benjamin.

Als hätte sie selbst gesprochen, garnierte Gasperro Benjamins Aussage mit einem strengen Blick in Caros Richtung.

„Aber das Seminar?"

„Musst du absagen.“

Caro zuckte ob der rüden Aussage Benjamins zusammen. Passend dazu veränderte sich sein Gesichtsausdruck: Aus seinen Augen funkelte Angriffslust, und er reckte ihr das Kinn entgegen.

Du musst da eingreifen!, schrie sie sich innerlich an, ging kurzerhand zur Tür, die sie öffnete, um Felipe hereinzubitten. „Kannst du mit dieser Señora Gasperro sprechen?“

Felipe zögerte, erkannte dann die Not, die Caros Miene spiegelt. „*Vale.* In Ordnung.“

„Benjamin. Ich möchte, dass du nach draußen gehst und den Kursteilnehmern oben eine Kaffee anbietest.“ Obwohl sie sich darum bemühte, entschieden zu klingen, zitterte ihre Stimme, was sie ärgerte.

„Und wer regelt das hier?“ Benjamins Augen verengten sich.

„Felipe unterstützt mich.“ Sie hielt seinem Blick stand.

„Du wirst schon wissen, was du tust.“ Kopfschüttelnd wandte sich Benjamin zum Gehen.

Kaum hatte er das Zimmer verlassen, fühlte sie sich erleichtert. „Sag ihr bitte, dass wir selbstverständlich alles umsetzen, was nötig ist, und die Behörde bei der Aufklärung unterstützen“, sagte sie zu Felipe, der es anschließend in Richtung Señora Gasperro übersetzte.

Nicht mehr viele Worte wurden gewechselt, und Señora Gasperro verabschiedete sich mit dem gleichen unterkühlten Blick auf Caro, der ihr seit dem Auftauchen in der Villa anhaftete, und ihre Art zu handeln bestimmt hatte.

„Ich habe kein gutes Gefühl“, sagte Caro zu Felipe.

„Ich leider auch nicht." Felipe kratzte sich am Hinterkopf. „Was ich nicht verstehe, ist, woher sie davon wusste?"

„Laut Benjamin hat sie gesagt, dass jemand angerufen hat."

„Wer?"

„Keine Ahnung." Caro rieb sich seufzend die Augen.

„Caro, ich weiß wirklich nicht, wie das passieren konnte. Aber ich bin mir sicher, dass es keiner der Teilnehmer war."

„Kannst du dich erinnern, ob das Mosaik gestern noch intakt war?"

Felipe nickte. „Ich schaue es mir jedes Mal genau an, wenn ich den Raum aufschließe, sogar nach den Mittagspausen. Gestern war es noch in Ordnung, das weiß ich."

„Okay, dann können wir zumindest den Zeitpunkt eingrenzen." Sie ging in die Hocke, um mit den Fingerspitzen über die Stelle zu fahren, von der die Fliesen abgeschlagen worden waren. „Das kann niemand tagsüber gemacht haben. Wer hat schon das Werkzeug dafür in der Tasche? Mal abgesehen davon, dass man dafür ein wenig Zeit braucht."

„Und Lärm macht es auch noch." Felipe ging ebenfalls in die Hocke. „Die Person, die das gemeldet hat, ist auch diejenige, die die Kacheln abschlug."

„Meinst du?"

„Ganz sicher."

Obwohl es Caro schwerfiel, das zu glauben, hatte Felipe recht. Einen anderen Schluss ließen die Fakten nicht zu. „Jemand, der mir schaden möchte." Caro schluckte und presste die Lippen zusammen. Es gab nur einen Menschen, der als Täter in Frage kam. „Benjamin", flüsterte sie.

Felipe sah sie mit aufgerissenen Augen an. In seinem Gesicht spiegelte sich der Widerstreit, den Caro ebenfalls zuvor empfunden hatte, und der von der Erkenntnis erstickt wurde, dass kein anderer Schluss zulässig war. „Aber warum?"

„Wenn ich das wüsste. Aber ich habe schon seit einiger Zeit den Eindruck, dass er etwas ausheckt. Ich konnte es nur nicht benennen, habe irgendwann gedacht, ich bilde mir das ein." Sie stieß schnaubend die Luft aus.

„Was machst du jetzt?"

„Wenn ich das wüsste." Caro massierte ihre Schläfen. „Sprichst du mit den Teilnehmern? Ich wäre dir sehr dankbar."

„Natürlich."

Nachdem sie das Zimmer verlassen hatten, verschloss Caro die Tür. Auf keinen Fall durfte sie weitere Beschädigungen in Kauf nehmen, auch wenn sie sicher war, dass es nicht dazu kommen würde. So dreist, ein zweites Mal in den Raum zu schleichen, würde Benjamin nicht sein. Aber konnte sie sich dessen sicher sein?

Mit Felipe gelangte sie über die Treppe ins Obergeschoss. Während der Künstler seine Kursteilnehmer unterrichtete, dass das Seminar abgebrochen werden müsse, ging Caro in die Küche. Ihr Magen zog sich schmerzhaft zusammen in Erwartung des Gespräches, das ihr bevorstand.

Als könne er kein Wässerchen trüben, wirbelte Benjamin in der Küche herum, und einen Augenblick lang wünschte sich Caro, das glauben zu können, sich einzureden, dass ihre Schlussfolgerung falsch war. Dann rief sie sich ins Gedächtnis, dass Felipe ebenfalls Benjamin für die einzige Person hielt, die den Schaden verursacht haben konnte.

„Wir müssen reden", sagte sie, nachdem die Tür geschlossen war.

Benjamin fuhr herum, und Caro entging nicht der Sekundenbruchteil, in dem sein Mund zu einem Grinsen verzogen war, bevor er sich zu einem ernsten Gesichtsausdruck zwang. Er war es, dachte sie und freut sich immer noch darüber. „Wie geht es nun weiter?", fragte er.

„Das wüsstest du wohl gerne." Caro funkelte ihn an, und Genugtuung breitete sich in ihr aus, als sie ihn zurückschrecken sah.

„Was ist denn los?" Benjamin kratzte sich den Nacken.

„Wir überspringen den Teil, in dem du dich ahnungslos stellst." Sie stemmte die Hände in die Hüften. „Ich weiß, dass du das warst." Sie hob die Hand, um ihm Schweigen zu gebieten. „Spar dir das. Keine Ausreden und Geschichten. Du hast mich lange genug an der Nase herumgeführt. Und ich muss sogar zugeben, dass es dir gut gelungen ist. Deshalb gehe ich davon aus, dass du die Katze bald aus dem Sack lassen wirst."

„Caro. Ich ..."

„Spar. Dir. Das." Das Blut pulsierte in ihren Ohren. Ruhe bewahren! Sie durfte jetzt nicht die Nerven verlieren und ihn, schlimmstenfalls, anschreien. Sie hoffte, zumindest noch Informationen aus ihm herauszubekommen. Wenn es dafür nicht bereits zu spät war.

„Außer mir hast nur du einen Schlüssel für den Raum."

„Und Felipe und die Teilnehmer?"

Die Wut kochte heiß in ihr hoch, und sie musste tief durchatmen, um ihn nicht doch anzubrüllen. Dass er nun doch mit Ausreden daherkam, obwohl sie ihm klar auf den Kopf zugesagt hatte, dass er es war, ärgerte sie massiv. „Felipe hat sich bestimmt nicht während des Kurses oder danach hingestellt und die Fliesen abgeschlagen. Ein Teilnehmer umso weniger. Wie ich dir bereits gesagt habe, fehlt mir die Geduld für diese Spielchen. Es muss gestern Abend passiert sein, als ich Einkaufen gefahren bin und die Gäste zum Abendessen außer Haus waren. Nur du hattest zu dem Zeitpunkt Zugang."

Benjamins Mund öffnete sich, und Caro durchzuckte der abstruse Gedanke, dass er auf die Idee kommen könnte, sie der Tat zu bezichtigen, aber er blieb stumm.

„Du willst dazu nichts sagen?"

Benjamin zuckte mit den Schultern, und die Art, wie er anschließend die Arme vor der Brust verschränkte und den Kopf einzog, verriet seine Anspannung. „Das Urteil hast du doch bereits gefällt."

Die erneut aufwallende Wut darüber, dass er allen Ernstes ihr den schwarzen Peter zuschob, als würde sie ihn unfair und leichtfertig verurteilen, kämpfte sie ein weiteres Mal nieder. „Kannst du mir zumindest sagen, warum du das getan hast? Ist das eine kranke Art von Scherz, den du machen wolltest?" Augenblicklich ärgerte sie sich über die zweite Frage, die nicht nur die Beantwortung der ersten infrage stellte, sondern dem Gespräch die persönliche Note gab, die sie eigentlich davon hatte fernhalten wollen. Jetzt würde es nicht mehr um die Sache, sondern nur noch um Rechtfertigung gehen.

„Was sollte das denn bitte für ein Scherz sein?" Der sarkastische Unterton und das schiefe Grinsen, mit dem er die Frage aussprach, hätte man als Antwort auf seine Frage werten können.

Caro aber wollte nicht darauf eingehen. Wichtiger als deine Befindlichkeiten ist es, hinter den Grund zu kommen, sagte sie sich. „Warum Benjamin? Was ist der Grund?"

Ein kurzes Aufflackern in seinen Augen ließ sie glauben, er würde ihr den Grund mitteilen, dann verhärteten sich seine Gesichtszüge. „Ich werde nichts mehr dazu sagen." Er zog die Schürze über den Kopf und hielt sie in der rechten Hand. „Du solltest dir wirklich gut überlegen, wem du trauen kannst." Das klang wie eine Drohung. Kurz betrachtete er das zusammengeknüllte Textil in seiner Faust, bevor er es auf die Arbeitsfläche pfefferte. „Wir sind hier dann wohl fertig", sagte er, ging an ihr vorbei und verließ die Küche.

Wie vom Donner gerührt stand Caro da. Obwohl der Ausgang der Unterhaltung absehbar gewesen war, ließ der Verlauf sie fassungslos zurück. Dass Benjamin selbst angesichts der erdrückenden Beweislast gegen ihn auf Unschuldslamm machte, war ein starkes Stück. Hat er dir jetzt gekündigt, fragte sie sich. Der zweite Punkt, der nahezu grotesk war. Natürlich konnte er nicht mehr hier arbeiten, aber sie war davon ausgegangen, dass sie ihm das mitteilte. Zum Teufel noch mal! Sie hatte erwartet, dass er um Entschuldigung bitten und sie anflehen würde, ihn nicht zu feuern, und nicht, dass er sie zum Ende des Gespräches mit dem Gefühl stehen ließ, sie sei die Schuldige.

Wie manipulativ er ist! „Du solltest dir wirklich gut überlegen, wem du trauen kannst." Seine Aussage ging ihr nicht aus dem Kopf. Zum einen hielt sie die für das einzig Ehrliche, das er gesagt hatte, zum anderen war sie sicher, dass er sich damit offenbart hatte. Ihr Fehler war gewesen, ihm zu vertrauen, und er hatte ihre Gutgläubigkeit ausgenutzt. Nur wofür?

Sie ging auf und ab in der Küche und rang dabei die Hände. Die Gewitterwolken am Horizont zu sehen, aber nicht zu wissen, wann sie einen erreichten, und welche Zerstörungswut sie mit sich führten, war unerträglich.

Sie musste abwarten und Ruhe bewahren. Etwas anderes blieb ihr nicht übrig.

34

Ihre Hände zitterten. Wieder starrte sie von dem Blatt, was sie in ihnen hielt, zum Bildschirm, wo sie die Online-Übersetzung aufgerufen hatte, um den spanischen Text aus dem Schreiben zu übersetzen. Der Gedanke, dass das Programm einen Fehler machte, flammte kurz auf, obwohl sie es besser wusste. Und selbst wenn, etwas aus dem Schreiben war unmissverständlich und musste nicht ins Deutsche übersetzt werden: Die Zahl, die etwa in der Mitte der Seite, vom Text durch einen Absatz getrennt, frei stand. Auch das Eurozeichen dahinter. Die Summe, die sie zahlen musste als Bußgeld für die Beschädigung des denkmalgeschützten Kunstwerkes, das sich in ihrer Obhut befand.

Womöglich nicht mehr lange, dachte sie und war überrascht, nichts zu fühlen. Keine Wut, keine Trauer, noch nicht einmal Hoffnungslosigkeit. Wie betäubt betrachtete sie die Zahl, wissend, dass sie diese Summe nicht würde zahlen können.

Was jetzt?

Das Klopfen an der Tür riss sie aus den Gedanken. Normalerweise ließ sie die Tür offen, damit die Gäste sahen, dass sie in der Nähe war, doch um dieses Schreiben öffnen zu können, hatte sie ungestört sein müssen. Anstatt die anklopfende Person hineinzubitten, öffnete sie.

Der Anblick ließ sie zusammenfahren. Sie hatte erwartet, dass es Benjamin sein würde, der sich, seit er gestern die Villa verlassen hatte, nicht mehr gemeldet hatte. Obwohl sie ihn nur einmal und da zudem aus der Ferne erblickt hatte, wusste sie, dass es sich um den Mann handelte. Der, den Benjamin in ihrer Abwesenheit herumgeführt und den sie vom Auto aus gesehen hatte. Für einen Sekundenbruchteil drohte sich ihrer eine Art Fluchtinstinkt zu bemächtigen, der sie die Tür zuschlagen lassen wollte.

Dann straffte sie sich, blickte in die blassblauen Augen des Mannes und fragte: „Kann ich Ihnen helfen?"

Der Unbekannte strich sich mit der einen Hand über den grauen Vollbart und streckte ihr die andere entgegen. „Brinkmann ist mein Name."

Kurzes Zögern, dann ergriff und schüttelte sie Brinkmanns Hand. „Wie kann ich Ihnen helfen?" Dass ihr Tonfall scharf klang und sie zudem darauf verzichtet hatte, sich ebenfalls vorzustellen, war ihr durchaus bewusst und von ihr erwünscht.

„Das hört sich womöglich seltsam an", entgegnete der Mann und gab sich noch nicht mal Mühe, verlegen zu wirken. „Aber ich möchte Ihre Villa, das Hotel kaufen."

Die Fassungslosigkeit schnürte Caro die Kehle zu. Die Unverfrorenheit, hier unangekündigt aufzutauchen, und dann auch noch mit der Tür ins Haus zu fallen – wie abgebrüht musste jemand sein, der derart agierte? „Ich höre wohl nicht recht", zischte Caro.

„Wie ich hörte, sehen Sie sich mit großen Problemen konfrontiert, die dafür sorgen werden, dass Sie alles verlieren werden." Er griff in seine Hemdtasche und förderte daraus eine Visitenkarte zutage. „Sie sollten sich das in Ruhe durch den Kopf gehen lassen. Ich werde Ihnen ein großzügiges Angebot unterbreiten, mit dem nicht nur Ihre Kosten gedeckt sein werden. Mit dem Geld, was übrig bleibt, können Sie auf der Insel ein Geschäft gründen, das eher Ihre Kragenweite hat."

„Sie haben ja Nerven!", brach es aus ihr heraus. Selbst erschrocken von ihrem Ausbruch, hielt Caro nach Gästen Ausschau und war froh, niemanden zu erblicken. Besser wäre es gewesen, dieses Gespräch hinter verschlossener Tür fortzuführen, jedoch wollte sie dem Kerl nicht den Eindruck vermitteln, sie hätte auch nur im Geringsten vor, auf sein völlig verrücktes Angebot einzugehen.

Immer noch hielt er ihr die Karte hin. Das und die unbewegte Miene, mit der er sie ansah, als wäre Caros Reaktion unverständlich, brachte sie zur Weißglut. Doch sie zwang sich, durchzuatmen und nichts mehr zu sagen, bis sie sich wieder besser unter Kontrolle hatte.

„Wie gesagt, denken Sie darüber nach. Nicht mehr lange, und Sie müssen zahlen. Wenn einem die Pistole auf die Brust gepresst wird, ist keine Zeit mehr, nach Optionen zu suchen, und Sie können nur noch mit Verlust verkaufen. Stellen Sie sich das vor, Ihr Hotel ist weg, und Sie haben immer noch Schulden."

Die Wut sorgte für einen Tornado in ihrem Kopf, in dem Gedanken und mögliche Antworten durcheinanderwirbelten. Alles, was sie in diesem Moment sagen konnte, wäre eine Beleidigung, die sie später womöglich bedauern würde. So blieb sie stumm.

„Ich lasse Ihnen die da." Er hob die Visitenkarte auf Augenhöhe und reichte sie dann Caro. Doch die unternahm keinerlei Anstalten, diese zu ergreifen, so wandte er sich zum Gehen und legte die Karte auf dem Rezeptionstresen ab.

Das Herz klopfte ihr bis zum Hals und unterstrich ihren Eindruck, soeben körperliche Höchstleistungen erbracht zu haben. Sie ließ sich in den Schreibtischstuhl fallen und starrte an die Wand, zunächst unfähig, einen klaren Gedanken zu fassen.

Nach und nach schälten sich einzelne Sätze, die der Kerl gesagt hatte, aus dem Wust aus Verstörung, Ärger und Hilflosigkeit, die sein Besuch verursacht oder zumindest geschürt hatte. Zumindest hilflos hatte sie sich bereits seit dem Schreiben der Denkmalbehörde gefühlt.

Sie trat aus ihrem Büro, war froh, weiterhin keinen Gast zu sehen, und ging zum Tresen, auf dem die Visitenkarte lag. Mit spitzen Fingern, als sei diese heiß, erfasste Caro sie und las, was darauf stand:

Winfried Brinkmann Bauunternehmer

Dann folgten die Kontaktdaten.

Warum wollte ein Bauunternehmer ihre Villa kaufen? Caro verzog den Mund zu einem sarkastischen Grinsen, als ihr klar wurde, dass diese sicherlich nicht die Frage war, die es als Vordringlichste zu klären galt. Viel wichtiger war, woher Brinkmann wusste, dass sie in Schwierigkeiten war.

Dass er damit auf die Beschädigung des Mosaiks und das Bußgeld durch die Denkmalschutzbehörde abzielte, stand für sie außer Frage. Es gibt nur eine Möglichkeit, wie er davon erfahren hat, dachte sie und musste sich angesichts dieser Erkenntnis am Rezeptionstresen festklammern, als wäre das Gebäude ein Schiff auf hoher See, das in einen Sturm geraten war. Genauso fühlte es sich an!

Benjamin war auch hier Akteur und handelte sicherlich auf Brinkmanns Anweisung.

Man konnte über ihn sagen, was man wollte, aber Benjamin war kein Handlanger. Nicht jemand, der auf Befehl handelte. Deshalb war Caro mit ihm aneinandergeraten, andererseits hatte sich diese Eigenschaft auch positiv auf den Betrieb ausgewirkt. Nein, sie glaubte nicht, dass ihr ehemaliger Mitarbeiter sich einfach so zum Werkzeug hatte machen lassen. An diesem Plan war er beteiligt, und etwas sollte für ihn dabei herausspringen.

Dessen war sie sicher.

35

„Alles in Ordnung?", fragte Antonia und sah sie prüfend an.

„Ja, ja. Nur viel Stress momentan." Caro rang sich ein Lächeln ab. Wie hätte sie auch sagen können, dass sie zu ertrinken drohte? In der Arbeit, die nun, da Benjamin nicht mehr da war, von ihr alleine geleistet werden musste. An der Angst vor der Zukunft, wenn ihr tatsächlich eine hohe Strafe angesichts der Beschädigung des Mosaiks auferlegt wurde. Felipe, dem sie das Schreiben gezeigt hatte, konnte zumindest ein wenig Entwarnung geben. Denn es handelte sich um eine Information, dass ein Strafverfahren eingeleitet worden war, und die angegebene Summe war die, die die Denkmalschutzbehörde festgesetzt hatte. Ob die oder eine andere fällig wurde, würde das Gericht entscheiden.

Nichts, was sie wirklich aufatmen ließ, aber zumindest bestand noch die Chance, auf das Verfahren Einfluss nehmen, sich rechtfertigen zu können. Sie räumte sich selbst geringe Chancen ein. Wer würde ihr schon glauben, und das gänzlich ohne einen handfesten Beweis?

„Bereit?", fragte Antonia.

Caro fuhr sich mit den Fingerspitzen über die Stirn. „Ja", sagte sie. Auch das war eine Lüge.

Der Notar, der rechts von ihr am Tisch saß, betrachtete sie über den Rand seiner Lesebrille freundlich. „Haben Sie alles verstanden, was ich vorgelesen habe?"

„Habe ich."

„Sie ebenfalls?", wandte er sich auf Englisch an die Verkäuferin, Mrs Brunswick, die nickte.

Trotz der Gesamtsituation, die für Caro allem den Anschein gab, sie spiele in einem Film mit, entging ihr nicht, wie gut alles organisiert war. Nicht nur, dass der Notar, ein älterer Herr mit Bauchansatz, Vollbart und einem angenehm ruhigen Wesen, perfekt Deutsch und Englisch sprach, er wurde auch noch begleitet von einer entsprechend geschulten Dolmetscherin, die den auf Spanisch verlesenen Vertrag zunächst ins Englische, dann ins Deutsche übersetzte.

„Dann möchte ich zunächst Sie als Verkäuferin um Ihre Unterschrift bitten." Der Notar reichte Mrs Brunswick die Mappe mit den Vertragsunterlagen.

Der Eindruck, einen Fehler zu begehen, bemächtigte sich Caros. Was war, wenn der zutraf? Wenn ihre Tage auf der Insel gezählt waren, sie die Villa schon bald verkaufen musste und damit ihre Existenzgrundlage verlor? Dann hatte sie nicht nur ihre Großmutter hierher geholt, sondern auch deren und das Vermögen ihrer Mutter in den Sand gesetzt!

Es ist eine gute Investition. Das war ihr Anker, der Strohhalm im aufgepeitschten Ozean der Stimmungen und Ungewissheiten, an den sie sich wie eine Schiffbrüchige klammerte, und wusste auch, dass er zutraf. Das Haus war das Geld wert, und im Notfall würde sie einen Käufer finden, der zumindest den Preis bezahlen würde, den sie hinlegte. Zumindest hoffte sie das.

Außerdem hast du noch nicht Schiffbruch erlitten, hörte sie die Stimme ihrer Mutter im Kopf, was seltsam war, denn weder die noch Agatha hatte sie in die Probleme eingeweiht. Was konnten die beiden schon tun? Außer, dass es dann zwei Personen mehr gab, die sich sorgten.

„Caro?"

Als würde sie auftauchen, hob Caro den Blick und sah in Antonias Augen, die weiterhin den Eindruck spiegelten, dass sie sich um Caro sorgte. „Wo soll ich unterschreiben?", fragte Caro und stieß ein Lachen aus, das locker klingen sollte, jedoch von Nervosität durchtränkt war.

Antonia, die auf der anderen Seite des Tisches neben der Verkäuferin saß, beugte sich über den Tisch zu ihr herüber. „Ist wirklich alles in Ordnung?", flüsterte sie. „Hat sich etwas verändert? Benötigst du noch Zeit?"

„Nein, nein. Alles in Ordnung", erwiderte Caro, ebenfalls flüsternd. Sie nahm den eleganten Kugelschreiber in die Hand und unterschrieb den Vertrag an der angegebenen Stelle.

Der Notar erhob sich, um zunächst Mrs Brunswick die Hand zu reichen. „Dann gratuliere ich zum Verkauf." Er wandte sich an Caro. „Und Ihnen zum Kauf der Immobilie." Er knöpfte sein Sakko zu. „Wenn dann keine weiteren Fragen bestehen, wären wir fertig."

Die Fragen, die durch ihren Kopf stoben wie Schneeflocken im Wind, konnte Caro niemandem stellen. Zumindest nicht Antonia, die sie ein weiteres Mal vor dem Notarsgebäude fragte, ob alles in Ordnung sei.

Ursprünglich sollte dies ein Tag zum Feiern sein, jetzt trat sie den Weg zurück zur Villa an mit Angst, die von der Magengegend aus Ranken trieb, die sich um ihr Herz und Kehle schlangen. Furcht, die gespeist wurde aus dem Eindruck, einen Fehler begangen und geliebte Menschen mit hineingezogen zu haben.

Sie sah auf die Uhr und wusste, dass sie den Anruf nicht länger aufschieben konnte. Ihre Mutter war extra zu Agatha ins Krankenhaus gefahren, damit sie beiden die frohe Kunde des erfolgreichen Kaufes überbringen konnte.

„Wie ist es gelaufen?", meldete sich ihre Mutter gleich nach dem ersten Klingeln.

„Es war ja nur eine Unterschrift." Caro bemühte sich um einen lockeren Tonfall.

„Und du bist darin ja quasi Profi", ertönte die Stimme ihrer Großmutter.

„Du bist auf Lautsprecher", sagte Caros Mutter, um den Einwurf Agathas zu erklären.

„Hallo Oma. Es hat alles geklappt. Du bist jetzt stolze Mitbesitzerin eines Eigenheimes auf Mallorca." Die Worte schmeckten schal, und sie hoffte, dass dies nicht über das Mittelmeer bis nach Deutschland transportiert wurde. „Wie sieht es mit der Reha aus?", fragte Caro, um das Thema zu wechseln.

„Nachdem die Entlassung zweimal nach hinten verschoben wurde, hoffen wir auf übermorgen", sagte ihre Mutter.

„Vielleicht sogar schon morgen", ertönte die Stimme ihrer Großmutter, und Caro musste trotz ihrer Anspannung grinsen. Bei allen Vorbehalten, sie freute sich darauf, bald ein bekanntes Gesicht in ihrer Nähe zu wissen. Ihre Oma wusste stets, wie sie Caro aufmuntern konnte.

Um die Katastrophe zu regeln, wirst du deutlich mehr benötigen als eine Aufmunterung, dachte sie und stieß schnaubend die Luft aus.

„Schatz? Alles in Ordnung?" Ihre Mutter klang alarmiert, und Caro wusste, dass sie sicherlich etwas ahnte. Caro, die ohnehin nicht gut darin war, ihre Gefühle zu verbergen, hatte damit bei ihrer Mutter und Großmutter noch größere Probleme.

„Ja, alles gut. Bin nur etwas im Stress."

„Verständlich. Dann wollen wir dich auch nicht länger aufhalten."

„Ich melde mich heute oder morgen Abend", sagte Caro, verabschiedete sich und schob das Handy in die Tasche.

Kaum hatte sie es dort platziert, klingelte es. Erneut holte sie es heraus und erwartete, dass es sich um einen Rückruf ihrer Mutter handelte, doch beim Anblick des Namens auf dem Display, tat ihr Herz einen Satz.

„Hallo?", fragte sie mit atemloser Stimme und musste tatsächlich stehen bleiben. Freude durchströmte sie, wurde dann jedoch von einer neuen Angst zurückgedrängt: Was, wenn sein Anruf weitere Schwierigkeiten bedeutete?

„Caro, grüß dich. Ich hoffe, ich störe nicht? Du glaubst nicht, was beim Vorrichten des Materials für eine andere Baustelle aufgefallen ist."

Sie wusste nicht, ob das eine Frage war und falls ja, was sie darauf entgegnen sollte. Deshalb beschränkte sie sich auf ein: „Aha?"

„Gummidichtungen, die zu deinem Glasschiebelement gehören. Oben auf der Terrasse. Die muss ich natürlich noch installieren, was hätte ich sonst für eine

Arbeit abgeliefert?" Juan lachte, und Caros Herz vollführte einen Sprung. „Keine Sorge. Ist nichts Großes. Eine Sache von einer halben Stunde."

Der Klang seiner Stimme ließ sie wohlig erschaudern. Erneut wurde ihr klar, wie sehr sie ihn vermisste. Obwohl er in den letzten Wochen nicht mehr Teil ihres aktiven Denkens gewesen war, hatte er sich in ihrem Unterbewusstsein eingenistet, das niemals aufgehört hatte, die Hände des Begehrens nach ihm auszustrecken. Wie sie sich danach sehnte, von ihm in den Arm genommen zu werden.

„Caro? Hallo?"

„Juan." Sie lachte nervös. „Ich freue mich, dass du anrufst. Mir ist gar nicht aufgefallen, dass an der Glastür etwas fehlt." Innerlich verfluchte sie sich für ihre Aussage. Fürchtete sie doch, damit die Chance auf ein Wiedersehen vertan zu haben.

„Wäre auch fast untergegangen." Juan lachte ebenfalls. „Ist wie gesagt auch kein Riesenaufwand, aber ich möchte ja, dass alles vernünftig abgeschlossen wurde."

Bei Erwähnung dieses mittlerweile verhängnisvollen Zimmers lag ihr auf der Zunge, Juan alles zu berichten. Das würde sie auch. Spätestens, wenn der das Mosaik sah, denn sie war sicher, dass Juan die Beschädigungen bemerken würde. Aber hier am Telefon war nicht Ort und Zeit dazu. „Alles klar. Gerne", sagte sie.

„Wenn du möchtest, könnte ich in einer halben Stunde da sein." Er räusperte sich. „Natürlich nur, wenn das passt?"

„Klar. Ich würde mich freuen."

36

Als der silberne Prius vorfuhr und die Fahrertür aufgestoßen wurde, musste Caro sich zusammenreißen, nicht auf Juan zuzustürmen, um ihn in die Arme zu schließen. Sie hatte darüber nachgedacht, sich bei ihm zu melden, dann aber Bedenken gehabt, dass der sich kein weiteres Mal ihrer Probleme annehmen konnte. Umso erfreuter war sie, dass er sich gemeldet hatte und zudem von dem Schaden erfahren würde. Nicht, da sie erwartete, dass er sich einschaltete, sondern schlicht, um seinen Rat zu erfragen.

„Da strahlt aber jemand." Juan lächelte breit, als er auf sie zukam und sah damit noch umwerfender aus als ohnehin schon.

Warum warst du so bescheuert, nicht zuzugreifen, fragte sie sich. Natürlich war ihr die Antwort nicht entfallen. Und zu diesem Zeitpunkt war es der richtige Entschluss gewesen, das glaubte sie nach wie vor. Aber war damit jede Option auf einen zweiten Versuch erloschen?

„Ich freue mich wirklich, dich wiederzusehen." Der Blick aus seinen braunen Augen drang warm in sie, und einen kurzen Augenblick standen sie unschlüssig voreinander und wussten nicht, wie sie einander begrüßen sollten. Dann schlang Caro die Arme um ihn und drückte ihm Wangenküsse auf, etwas stürmischer als beabsichtigt. Doch dieses Zusammentreffen war trockener Reisig, der in eine Glut geworfen wurde, die niemals erloschen war. Seit ihrer gemeinsamen Nacht.

„Was ist los?" Juan betrachtete sie prüfend, und es rührte sie, dass er sich um sie sorgte.

„Komm erst mal rein, dann zeige ich dir die Katastrophe vor Ort." Mit diesen Worten betrat sie die Villa, und Juan folgte ihr. Sie holte den Schlüsselbund aus der Tasche, um die Tür aufzuschließen. Dabei fiel ihr ein, dass Benjamin weiterhin den Schlüssel hatte und sie den schnellstmöglich zurückfordern oder aber die Schlösser austauschen lassen musste.

Unmittelbar nach dem Eintreten deutete sie wortlos auf die Stelle des Mosaiks, an der die Fliese abgeschlagen worden war. Juans Augen folgten dem Fingerzeig, während er die Lippen zusammenpresste und näher herantrat, schließlich in die Hocke ging, und wie sie neulich die Hand ausstreckte, um mit den Fingerspitzen die Stelle zu berühren. Es macht ihn ebenso fassungslos!, dachte sie, und der Blick, den er ihr zuwarf, als er hochblickte, belegte diesen Gedanken.

„Wer war das?", fragte Juan.

Caro seufzte. „Ich habe einen neuen Mitarbeiter, hatte einen neuen Mitarbeiter und hätte wohl meinem Instinkt trauen sollen, der mir bereits seit einigen Tagen sagt, dass etwas mit ihm nicht stimmt. Du hast ihn kennengelernt, als du die Nacharbeiten erledigt hast." Sie erzählte Juan, wie sie Benjamin in Valldemossa kennengelernt und er sie anschließend in der Villa besucht hatte. Dass sie ihm einen Job anbot, quasi als ihre Vertretung, und er den gerne angenommen und auch gut ausgeübt habe. Sie berichtete von ihrer Großmutter und dem Deutschlandaufenthalt und was danach geschehen war, und endete bei dem seltsamen Besuch des Bauunternehmers Brinkmann gestern.

Juan rieb sich das Kinn und stieß die Luft aus. „Mann! Das ist mal eine Geschichte."

„Damit könnte ich wohl ein Buch schreiben." Sie versuchte sich an einem Lächeln, doch stattdessen stiegen ihr Tränen in die Augen, so dass sie den Blick niederschlug.

„Hey." Juan nahm sie in den Arm. Strich ihr über den Kopf, und obwohl Caro sich das gewünscht hatte, traf es sie unerwartet, wie gut sich das anfühlte. Wie richtig. Wie lange hatte sie versucht, Juan zu einem Abenteuer zu degradieren. Etwas, für das zu kämpfen es sich nicht lohnte?

Hier stand sie nun, wurde von dem Mann gehalten, der wie kaum ein anderer für sie eingestanden war, ihr Halt gegeben hatte in den vielen Momenten, seit sie hier war, in denen sie zu ertrinken drohte. Tatsächlich hatte sie das Gefühl, zum ersten Mal seit Wochen wieder festen Boden unter den Füßen zu haben.

„Ich helfe dir", flüsterte Juan in ihr Ohr, was Caro aufschluchzen ließ, denn die Erleichterung, die sie angesichts dieser drei Worte empfand, übermannte sie.

Wie lange sie in Juans Armen weinte, das Gesicht an dessen Schulter gepresst, wusste sie nicht. Wohl aber, dass sie sich besser fühlte, als sie den Kopf hob, um ihn anzusehen. „Danke", flüsterte sie. „Ich wollte nicht abweisend sein, aber ich wusste nicht, wie ich damit umgehen sollte."

Mit den Händen umfasste Juan ihr Gesicht und strich vorsichtig mit den Daumen die Tränen von ihren

Wangen. „Ist doch klar. Ich übrigens auch nicht. Und deine Trennung von diesem Daniel liegt noch nicht lange zurück. Zum damaligen Zeitpunkt umso kürzer." Er schüttelte den Kopf. „Und von Trennung kann man da auch nicht wirklich sprechen, so wie der Typ sich einfach aus dem Staub gemacht hat. Du hast verdammt viel durchgemacht." Er ließ die Hände sinken und erfasste damit ihre. „Caro, du bist eine unglaublich starke Frau. Ich bewundere dich und werde nicht zulassen, dass dich jemand fertig macht."

Sie beugte sich vor und küsste ihn. Fürchtete anfangs, er würde den Kuss nicht erwidern. Doch dann umfing er sie mit seinen Armen, und hatte sie bereits geglaubt, sich gut gefühlt zu haben in seiner Nähe, durchflutete sie nun ein Glücksgefühl, verbunden mit einem Verlangen, das sie sich näher an ihn drängen ließ.

Er kicherte. Ein lieblicher Laut, der sie fast rasend machte. „So sehr ich das auch will, meine Schöne. Lass uns erst überlegen, wie wir dir aus der Patsche helfen können."

„Okay." Sie war etwas enttäuscht und musste tief durchatmen, um die brodelnde Begierde in ihr in Zaum zu halten. Das Glitzern in seinen Augen und wie er auf seiner Unterlippe kaute, verrieten ihr, dass es ihm ebenso ging, was sie versöhnte. Auch da er selbstverständlich recht hatte, dass sie zunächst überlegen mussten, wie sie den Fall lösen konnten.

„Wir werden das fortsetzen, das verspreche ich dir." Sein schelmisches Grinsen ließ sie wohlig erschaudern. Juan sah zur Decke, um sich kurz darauf mit der Hand an die Stirn zu schlagen. „Moment mal!", rief er aus. „Caro. Hast du eine Leiter da?"

„Öh, ja?“ Seine Bitte verwirrte sie.

„Womöglich gibt es eine Lösung, die dir gefallen dürfte.“ Er zwinkerte ihr zu.

„Und die wäre?“

„Ich möchte sie dir zeigen, ist eindrucksvoller. Vertrau mir!“

Er folgte ihr, um aus einem Abstellraum eine Leiter zu holen, die sie an entsprechender Stelle platzierten, woraufhin Juan diese erklomm. Bevor die Wand in die Decke überging, bildete diese eine etwa handbreite Nische aus, in die Juan griff. „Wusste ich es doch!“, rief er triumphierend aus und stieg die Leiter herunter.

Sie erkannte, dass er etwas in der Hand hielt. „Ist das eine Kamera?“

Er nickte. „Zunächst einmal muss ich mich natürlich entschuldigen. Ich hatte die völlig vergessen und wollte es eigentlich mit dir absprechen, aber dann ist so viel passiert.“

Caro winkte ab, denn ihr schwante, worauf das hinauslief, und dass diese Kamera höchstwahrscheinlich ihre Rettung bedeutete.

„Nachdem Señora Gasperro hier war, wollte ich zumindest sicherstellen, dass keiner meiner Leute einen Schaden am Mosaik verursacht, oder, falls doch, dass wir zumindest wissen, wer es war. Ich wollte noch mit dir darüber sprechen, aber dann ging das im ganzen Stress unter, und, um ehrlich zu sein, fiel mir das Ding eben erst wieder ein.“

„Und sie hat die ganze Zeit aufgenommen?“

„Ist selbstverständlich nicht in Ordnung. Wobei ich Diego informiert hatte und anfangs ja nur wir Bauleute hier herumgesprungen sind.“

„Jetzt könnte es mir die Haut retten“, sagte Caro.

„Das hoffe ich, ich weiß nicht, ob der Speicher ausreicht, also wie lange die Kamera aufgenommen hat. Sie ist bewegungsaktiviert, hat also nur aufgenommen, wenn hier jemand im Raum war.“

Das Herz pochte ihr bis zum Hals. Das war zu gut, um wahr zu sein, deshalb befürchtete sie, dass der Speicher bereits voll gewesen war vor der verhängnisvollen Tat. „Dann lass uns direkt nachschauen. Wenn ich ehrlich bin, kann ich es kaum noch abwarten.“

Sie gingen in ihr Büro, wo Juan der Kamera eine SD-Karte entnahm, die er Caro reichte. „Muss mal schauen, ob dein PC die lesen kann?“ Er ging in die Hocke, um den Computer unter ihrem Schreibtisch zu begutachten. „Glück gehabt. Gib mal her.“ Er hielt ihr die geöffnete Hand hin, und Caro legte ihm das Speichermedium auf die Handfläche. Juan schob es in den dafür vorgesehenen Schlitz, und sie beendete durch Bewegung der Maus den Bildschirmschoner.

Ihre Hände zitterten vor Aufregung, so dass es sie Mühe kostete, den Mauszeiger auf das Symbol der Speicherkarte zu bewegen und dort den Doppelklick auszuführen. „Kannst du das machen? Sicherlich findest du das richtige Video schneller.“ Sie trat zur Seite, so dass Juan den Platz am Schreibtisch einnehmen konnte.

Es dauerte, bis er die Dateien durchforstet hatte, und Caro bereitete sich darauf vor, dass er ihr verkünden würde, es liege leider keine Aufnahme des gesuchten Abends vor.

„Das könnte es sein.“

Die Aufregung grub sich kribbelnd in Caros Eingeweide, während sie zusah, wie Juan eine Datei auswählte und öffnete. Mit tauben Fingern fuhr sie sich durch das Haar, während ihre Augen den Bildschirm und das Geschehen, das dieser zeigte, fixierten. „Das ist er!", stieß sie hervor und schob das Gesicht noch etwas näher heran.

Tatsächlich zeigte das Video Benjamin, wie er das Zimmer betrat, neben dem Mosaik in die Hocke ging und sich dann mit etwas, das er einer Tasche entnahm, zu schaffen machte.

„Moment. Wir sollten auch Ton haben." Juan klickte auf das Lautsprechersymbol, und ein hämmerndes Geräusch ertönte.

„Er hat die Fliese wirklich abgemeißelt", sagte Caro mit tonloser Stimme.

„Anders ist der Schaden auch nicht anzurichten. So ein Scheißkerl." Juan zog die Brauen zusammen, während er die Zungenspitze zwischen den Zähnen hervorschob.

Es bereitete Caro nahezu körperliche Schmerzen zuzusehen, wie Benjamin sich an dem Kunstwerk verging. Die abgeschlagene Kachel und das Werkzeug im Anschluss in die Tasche steckte, sogar sein Werk noch einem prüfenden Blick unterzog, um dann das Zimmer zu verlassen.

37

„Willst du es immer noch leugnen?", fragte Caro und beobachtete Benjamin, dessen Blick weiterhin starr auf den Computermonitor gerichtet war. Dort hatte sie ihm gerade das Video der Überwachungskamera präsentiert, das ihn bei seiner Tat zeigte.

Mit mahlenden Kiefern saß er da, und Caro wollte bereits die Frage wiederholen, als Benjamin den Kopf schüttelte.

Noch einen Augenblick wartete sie ab, ob dem Worte folgen würden, aber nun fixierte er seine miteinander ringenden Hände.

„Du wirst dich bei der Denkmalschutzbehörde melden und die Tat gestehen", sagte Caro.

Er hob den Kopf, blickte ihr in die Augen, und in seine Miene kehrte der Widerwille zurück, den er zu Beginn des Gespräches zur Schau getragen und ausgesprochen hatte. Der dazu führte, dass sie ihm die Aufzeichnung gezeigt hatte. Denn anfangs glaubte sie noch, ihn eindeutig der Tat zu bezichtigen und auf den Videobeweis zu verweisen, würde ausreichen, damit er sich geständig zeigte. So hatte sie ihn auch dazu bekommen, herzukommen.

„Und wenn ich das nicht tue? Immerhin habt ihr mich heimlich gefilmt", entgegnete er.

„Was sicherlich nicht schwerer wiegt als dein Verge-
hen. Schließlich hast du vorsätzlich gehandelt, hast ein
Kulturdenkmal beschädigt, mich betrogen." Sie
schluckte. Beruhige dich! Mit Wut neigt man dazu, un-
bedacht zu handeln, rief sie sich vor Augen. „Außerdem
könnte sich die Geschichte wie ein Lauffeuer verbrei-
ten. Die Insel ist nicht groß, und ich kann mir kaum
vorstellen, dass jemand einen Mitarbeiter beschäftigen
will, der auf übelste Art und Weise betrügt."
Seine Lippen bebten, und er schlug den Blick nieder.
Damit hast du ihn!
„Okay. Aber die Sache bleibt unter uns."
„Wenn du dich bei der Behörde meldest, die Schuld
komplett auf deine Kappe nimmst und ich straffrei aus
der Sache hervorgehe, erfährt von mir niemand etwas.
Was von offizieller Seite aus veranlasst wird, habe ich
natürlich nicht in der Hand."
Sein Nicken war kaum merklich.
„Und Benjamin?"
Er sah auf und sie an.
„Noch eine Sache. Ich will wissen warum."
Er stieß seufzend die Luft aus. „Es gibt da einen Bau-
unternehmer, der das Hotel kaufen will. Wenige Tage,
nachdem ich bei dir angefangen hatte, sprach er mich
nach Feierabend auf der Straße vor der Villa an."
„Dieser Brinkmann."
„Genau."
„Der, den du herumgeführt hast, als ich in Deutsch-
land war."
„Ja." Benjamin schlug die Augen nieder. „Als er mich
auf der Straße ansprach, hat er mir erzählt, dass er

nach genau so einem Objekt sucht und dann dafür einen fähigen Hotelmanager braucht."

„Und der solltest du sein." Obwohl Caro dies nicht als Frage intonierte, nickte Benjamin. „Dann sind wir hier fertig", sagte Caro, froh, dass dieses Gespräch nicht nur zu Ende war, sondern sie das erfahren hatte, was sie wissen wollte.

Benjamin erhob sich wortlos und ging zur Bürotür.

„Benjamin?"

Er wandte sich zu ihr um.

„Ich gebe dir zwei Tage, um dich bei Señora Gasparro von der Denkmalschutzbehörde zu melden."

Wieder nickte er, dann zog er die Tür auf und verschwand aus dem Raum.

Caro atmete tief durch, um anschließend zum Handy zu greifen und Juans Kontakt zu wählen.

„Und? Wie lief's?"

„Etwas zäh, aber letztlich hat er mir erzählt, dass dieser Brinkmann vorhatte, das Hotel zu kaufen, wenn ich durch die Strafzahlung an die Denkmalschutzbehörde in finanzielle Schwierigkeiten gekommen wäre und hätte verkaufen müssen. Und rate mal, wer dann Hotelmanager geworden wäre?"

„Bah!", stieß Juan aus. „Widerlich, was Menschen bereit sind, für den eigenen Vorteil zu tun."

„Dafür erwartet ihn jetzt die gerechte Strafe. Zwei Tage habe ich ihm gegeben, um sich bei der Denkmalschutzbehörde zu melden und die ganze Schuld auf sich zu nehmen."

„Ganz schön tough, die Dame. Ich wusste, dass du das mit Bravour meisterst."

Caro lächelte. „Lieb von dir."

„Nur die Wahrheit." Er räusperte sich. „Soll ich dann vorbeikommen?"

„Auf jeden Fall." Sie beendete das Gespräch und starrte einen Augenblick vor sich hin. Eines bleibt noch zu erledigen, sagte sie sich und griff nach dem Zettel mit der Telefonnummer, die sie wählte. „Cynthia, ich hoffe, ich störe dich nicht? Ich habe seit unserem letzten Gespräch vor wenigen Tagen häufig daran denken müssen, dass du mich nach einem Job gefragt hast."

„Das habe ich durchaus ernst gemeint."

„Habe ich auch so verstanden. Und in der Tat würde ich dringend jemanden benötigen, der mich unterstützt. Mir ist natürlich klar, dass es für dich einiges zu regeln gibt."

„Du glaubst nicht, wie sehr ich mich über deinen Anruf und das Angebot freue. Mir ging das auch nicht mehr aus dem Kopf. Und ja, ich will das. Außerdem geht Tim noch nicht zur Schule, insofern ist ein solcher Schritt jetzt einigermaßen problemlos möglich."

„Und natürlich werde ich dich nach Kräften unterstützen."

Cynthia stieß ein Lachen aus. „Es stimmt, was die Kalendersprüche behaupten. Von einem Moment auf den anderen kann sich dein ganzes Leben verändern."

„Allerdings, davon kann ich dir ein Lied singen. Aber auch davon, was für ein Geschenk das ist. Ich schicke dir eine Mail mit dem Arbeitsvertrag und den Dingen, um die du dich kümmern musst."

„Und ich packe dann schon mal die Koffer."

Beide lachten und das warme Gefühl in ihrer Brust bestätigte Caro, die richtige Entscheidung getroffen zu haben.

38

Der Wind zerzauste ihr das Haar, während das Rauschen des Meeres sanft in die Ohren brandete. Die Finger der Hand in die Juans verschränkt, gruben sich ihre Füße bei jedem Schritt in den Sand, der auf diese Weise die Bereiche zwischen den Zehen massierte. Ein Gefühl, das sie liebte.

Ihr Blick reichte aus über das in steten Wellen heranwogende Wasser, verharrte am Blau des Horizonts, während die salzgeschwängerte Luft durch ihre Nase in die Lunge floss. Sie blieb stehen, wandte sich Juan zu, dessen lächelnder Mund sich dem ihren näherte. Genoss das Kribbeln und die Hitze, die in ihr ausbrach, als sich ihre Lippen einander annäherten und seine Zungenspitze die ihre berührte.

Das ist dein Zuhause, dachte sie, wieder einmal. Kein einfacher Gedanke, sondern eine Gewissheit, die sich stärkend und beruhigend über sie legte.

„Weißt du eigentlich, wie stolz du auf dich sein kannst? Und auch, wenn das weniger entscheidend ist, wie stolz ich auf dich bin?", fragte Juan sie. „Trotz all der Hindernisse, der Knüppel, die dir sogar bösartig zwischen die Beine geworfen wurden." Er drehte sich um und deutete zur Villa, die vom Strand aus zu sehen war. „Du hast es geschafft. Deinen Traum umgesetzt."

„Ich hatte auch Hilfe."

„Dennoch, es ist dein Verdienst. Die anderen, mich eingeschlossen, haben dich allenfalls unterstützt."

„Bei der nächsten Baustelle werde ich die Unterstützung auch wieder brauchen. Was den Bereich anbelangt, der wird mir wohl immer fremd bleiben."

„Was überhaupt kein Problem ist. Schließlich kann nicht jeder alles und muss das auch nicht."

„Ich habe immer noch Angst, weißt du. Dass ich eines Tages aufwache und alles verliere."

Er nickte, strich ihr sanft über die Wange. „Kann ich mir vorstellen, aber das musst du nicht. Die Caro, die ich kennengelernt, in die ich mich verliebt habe, verfügt über große Stärke, aber auch Mitgefühl und Herzlichkeit. Und außerdem zeugt es von viel mehr Stärke, einzugestehen, dass einen Sorgen plagen und auch Hilfe anzunehmen. Niemand kann so ein großes Projekt alleine stemmen."

Caro betrachtete ihrerseits das Haus, in dem ihre Vision Wirklichkeit geworden war, und eine Woge des Glücks durchflutete sie. Du hast es geschafft!, sagte sie sich und die Aussage durchdrang sie.

„Und du bist in mich verliebt?" Sie legte den Kopf schief und grinste schief, während sie Juan ansah.

Er lächelte ebenfalls, und als sie ihn dann an sich zog, um ihn erneut zu küssen, wurde auch diese Aussage für Caro zu Überzeugung.

Als sie sich voneinander lösten, sah sie auf ihre Uhr. „Wir müssen los."

„Und du willst wirklich, dass ich mitkomme?"

„Na klar. Außerdem brennt sie bereits darauf, dich kennenzulernen."

„Dann habe ich wohl keine andere Wahl."

„So ist es." Caro ergriff Juans Hand und über den Strand gingen sie zum Hotel zurück, um dort in Caros Wagen zu steigen.

Die automatischen Türen öffneten sich, und als ein junger Mann, der einen Rollstuhl schob, erschien, versetzte das Caro zunächst einen Stich ins Herz. Geht es ihr doch so schlecht?, dachte sie.

Doch kaum hatte ihre Oma sie erblickt, veranlasste sie den Wagenschieber wild gestikulierend zu stoppen und erhob sich, erstaunlich behände, aus dem Rollstuhl, um auf Caro zu zutippeln.

„So etwas Peinliches!", rief sie ihrer Enkelin entgegen. „Als sei ich eine Invalidin. Wollten nicht mit sich reden lassen."

Caro schloss ihre Großmutter lachend in die Arme. „Das klappt ja wieder super mit dem Laufen."

„Eben. Und das habe ich auch die ganze Zeit gesagt." Ihre Großmutter drehte sich zu dem jungen Mann um, der den leeren Rollstuhl neben sie gefahren hatte und von einem Bein auf das andere trat.

„*Muchas gracias*", wandte Caro sich an ihn und teilte ihm dann auf Spanisch mit, dass sie ab jetzt alleine zurechtkämen.

Er nickte und machte mit seinem Gefährt auf dem Absatz kehrt, noch bevor Caro klar wurde, dass sie vergessen hatte, ihm ein Trinkgeld zu geben.

„Wo sind deine Koffer?"

„Dafür war ich wiederum dankbar. Mir wurde gesagt, dass sich jemand darum kümmert."

Caro grinste. „Oma, ich möchte dir gerne meinen Freund Juan vorstellen."

„Ich habe bereits so viel von Ihnen gehört.“ Ihre Großmutter schüttelte Juans Hand.

„Hoffentlich war es nicht zu schlimm?“, fragte Juan.

„Nur Gutes. Nur Gutes.“

Ein weiterer junger Herr, der zuvor Ausschau gehalten hatte, erkannte ihre Großmutter wieder und
brachte den Koffer. Dieses Mal vergaß Caro nicht, ihm
ein Trinkgeld in die Hand zu drücken, das er dankend
entgegennahm.

Als sie ins Freie traten, blieb ihre Großmutter einen
Augenblick stehen, schloss die Augen und reckte das
Gesicht in die Sonne. „Danke“, murmelte sie und sah
dann Caro an. „Danke, mein kleiner Schmetterling.“

Caro drückte ihre Oma an sich. „Das hast du dir verdient“, flüsterte sie ihr ins Ohr.

Ihre Großmutter hakte sich bei ihr unter, und Caro
fasste Juan bei der Hand. „Seid ihr bereit?“, fragte sie,
sah in die grinsenden Gesichter links und rechts von
sich, und gemeinsam taten sie den ersten Schritt.